图书在版编目（CIP）数据

生命的绝唱 / 李永生著. — 北京：中国书籍出版社，2016.10
ISBN 978-7-5068-5881-6

Ⅰ.①生… Ⅱ.①李… Ⅲ.①笔记小说—中国—当代 Ⅳ.①I247.5

中国版本图书馆CIP数据核字（2016）第246726号

生命的绝唱

李永生　著

丛书策划	尚东海　牛　超
责任编辑	杨铠瑞
责任印制	孙马飞　马　芝
封面设计	东方美迪
出版发行	中国书籍出版社
地　　址	北京市丰台区三路居路97号（邮编：100073）
电　　话	（010）52257143（总编室）　（010）52257140（发行部）
电子邮箱	eo@chinabp.com.cn
经　　销	全国新华书店
印　　刷	北京一鑫印务有限责任公司
开　　本	787毫米×1092毫米　1/32
字　　数	200千字
印　　张	7
版　　次	2017年1月第1版　2017年1月第1次印刷
书　　号	ISBN 978-7-5068-5881-6
定　　价	20.80元

版权所有　翻印必究

总　序

《社会万花筒之中国微小说系列丛书》由中国当代一流微小说（即小小说）作家，一人一册的单行本组成。所选作品，均为作者本人从《读者》《青年文摘》《意林》《小小说选刊》《微型小说选刊》等畅销杂志选粹而来。作品体现了作家在灵光一闪中捕捉到的生存智慧、独特体验、深度发现和特殊情感，文章构思新颖、奇异、巧妙，表现手法敏锐、机智，具有很强的文学感染力和可读性。其中，部分作品被翻译到海外，还有作品入选了国内中小学语文阅读教材或中高考语文试卷。

微小说体量虽小，却可折射大千世界的方方面面，信息量不小；篇幅虽短，却具备小说的全部要素，追求在突变中展现人的尊严、生命的原色和人性的光辉，以风格的独异、思路的奇特和情节的突转，来给人出其不意的一击，于"山穷水尽""柳暗花明"的峰回路转中，凸显"洞庭一叶下，知是天下秋"的独特艺术效果。

从上世纪80年代中期开始，快节奏的现代生活，使读者在工作、学习之外的阅读呈"碎片化"状态，人们在艺术鉴赏中，越来越注意审美经济原则，即以最少的时间获得最多的收获，微小说这种文体，恰好满足了读者这种"碎片化"的阅读需要，从而催生了微小说的迅速发展。

微小说不仅受到普通读者的喜爱，更是受到青年尤其是中学生的青睐。因为通过这套"社会万花筒"丛书的小孔，涉世不深的青少年能够纵览古今、了解中外、开阔视野、丰富阅历、辨别善恶、启迪智慧、砥砺意志，提高社会适应能力和观察分析能力，还可以学到语言运用、结构组织的写作技巧。

伴随着中高考制度改革，中高考作文越来越注重考查学生的想象力、创造力和感悟力，更加鼓励学生关注社会、关注生活。近年来的中考、高考语文试卷基本都有"话题作文"，而"话题作文"与微小说十分接近。2000年，陕西一高考考生的作文《豆角月亮》获满分，被曝属抄袭《小小说选刊》的微小说《弯弯的月亮》；2001年，南京高考考生蒋昕捷的《赤兔之死》获得高分，被转发于《微型小说选刊》。

本套丛书作者周海亮的《父亲的秘密》，入选了2008年福建省福州市初中毕业试题和中专学校招生考试试题，《诊》入选了同年度青岛中考试题，《父亲的游戏》入选了

2009年北京朝阳区高三第二次统一练习语文试卷，《战地医院》入选了安徽省合肥市高校附中2009年高三联考语文试题；本套丛书作者尹全生的《朋友，您到过黄河吗》，入选了海南省2005年高考测试试题语文卷的阅读题，《最后的阳光》入选了广东省2007年高考能力测试题，《海葬》入选了广州市天河区四校2009届高三语文上学期联考模拟试卷语文试题的"文学类文本阅读题"，《狼性》被更名为《即绝不回头》，入选了2013年南京市中考模式题，等等。

近年来各省市中高考的作文命题中，"话题作文"已成为主要类型。只要学生平时读一点微小说，熟悉这种文体，或者尝试写过这种文体，在中高考时就不会犯怵了。如果头脑中有那么一两个人物、一两个故事，稍稍构思、加工，得到基本分是有把握的。

由此可见，不仅中国读者需要微小说，中国教育特别是中学教育更需要微小说，它是学生受益、教师推荐、教育界推崇、家长放心的一种文体。

编　者

李永生小小说印象（代序）

杨晓敏

笔记体小小说写法由来已久，是传统文化中最早的小说源头，其实也属国粹之列，甚至可以当作民族文化遗产来开掘和传承。李永生以创作笔记体小小说为主，近年收获颇丰。笔记小说讲奇人异事、侠肝义胆、古道热肠，最终还是落脚在世道人心。我们曾专门组织召开了"李永生《故里奇谭》作品研讨会"，实际上也是对"笔记体小小说"生命力的认同和肯定。

李永生正值创作盛期，佳作迭出，已大致形成了自己独特的艺术风格，广受读者好评。我觉得他是个特别有潜质的作家。对于有责任心的编辑来说，发现一个作品，如同路边捡了个宝贝，发现和培养一个作家就等于打开了一个宝库，因为这个宝库里会蕴藏很多浑金璞玉的材料，会不断雕琢出许多精致的物件。人才难得，所以为他高兴。虽然写笔记体小小说的作者很多，成功者也大有人在，但我同样也看好李永生的创作，只要持之以恒，他的笔记体小小说，也会成为当代文苑里的一朵"奇葩"。

笔记体小小说文白相间，最讲究故事的起伏波澜，读起来雅俗共赏，所以需要有格调，品位一定要高。现在许多写笔记体小小说的作家，如冯骥才、聂鑫森、孙方友、魏继新、杨小凡、李永生、张晓林等，都是驾驭此类写法的高手。小小说首先要讲立意。是说应有一个很高的站位，一个很好的视角，会发现问题找准问题。其次要有艺术品位。就是要学会运用小说手段，通过调动所有的小说手段，把你发现的问题艺术性地表现出来，伏笔照应、起承转合、留白闲笔，这些小说手段运用得得心应手，才能够选择出一种最适合你的艺术形式，去反映你提出的那个问题，通过文字折射出作者的情怀和境界。最后要特别讲究结尾。小小说作家和长篇小说作家有个不同之处，就是更加注重结尾艺术。写20万字你可以重在过程，但是小小说1000多字你只能把重心或爆发力放在结尾，不管是韵味悠长，还是旁逸斜出，或是戛然而止，反正你总得有个说法。所以说小小说的结尾也是最见智慧含量的艺术。

李永生的笔记体传奇类小小说，会编织故事、营造氛围，在叙述时不疾不徐，人物塑造有个性，尤其善于构思出人意料又在情理之中的结尾，令人回味再三，深得笔记体小小说写作的个中三昧。

譬如李永生的《儒匪》开头：

清朝后期，外夷入侵。世道一乱，盗匪流寇便多。涞阳西部地区山高林密，匪盗更为猖獗。其中梁柯一伙儿，名气最为响亮。

梁柯，字临风，涞阳野三坡人氏，文武全才，至于为何沦为匪盗已无法考证。梁柯肚里有货，行为举事爱动脑筋，活儿干得干净利落，很快便成了气候。官府数次对他围剿，均被他逐一化解，梁柯在黑道中闯出了很大威望。

寥寥数笔，把时间、地点、环境、职业、个性均交代清楚。紧接着在"儒"字上下足功夫，在主人公形象的刻画上既不拔高也力避脸谱化之嫌：

虽然是个匪盗，但梁柯全无凶神恶煞之气。他仪表清秀、风流雅俊，举手投足尽显儒家风范。常穿一青衫，拿一纸扇。扇面绘有"梅兰图"，香梅幽兰，秀肌丰骨，为他亲手所画。画旁配有一诗：兰有同心语，梅无媚世妆。字体银钩铁划，也是他的手笔。

梁柯是文人，便多少有些文人的癖好。他喜好风月，隔三差五便乔装打扮一番后赴青楼寻乐子。姑娘们见他器宇轩昂，只当是哪家有钱人家的公子，都竭尽所能投其所好。梁柯怜香惜玉，更会哄女人开心。但遇红颜知己，总要作诗称赞这姑娘的美貌。"红楼星月启琼筵，碧玉莲花正妙年""芙蓉为脸玉为肤，遍体凝脂润若酥"都是他乘兴而作。就因这喜好，梁柯得了个"风流儒匪"的雅号。

这么一个人，这么一个"匪"，当然会在自己的营生中干出不同凡响的事来了。《儒匪》的主人公梁柯，"仪表俊秀，风流雅俊"，虽为匪盗，却文武双全，重情重义，智慧机敏，最后战胜了狡猾狠毒的知县，与心爱的七夫人一起远走天涯。"风流儒匪"非浪得虚名。

《墨药》曾被报刊选为头条，也在征文中获得过一等奖。作者塑造了一位仙风道骨，多才而机敏的彭道长形象。主人公是位书画名家，颇懂医术，能用墨汁混合着药末的"墨药"作画，也用"墨药"给小孩子治疗"痄腮"，他往往在小孩肿胀的小脸上勾画涂抹几笔，画出一些可爱的小动物模样。然而作者并不是仅仅以素描来刻画一位民间奇人形象，而是自觉融入了家国背景的元素，陡然使这一猎奇的素材变得奇崛起来。在反袁浪潮中，彭道长以"墨药"作画讽刺讨伐袁世凯，让"袁世凯那光溜溜的大脑袋长在了乌龟身子上"，画旁还题两句意味深长的诗句："淹死袁大头，治病不用愁。"这些画散落民间，彭道长隐于山水，成为爱憎分明的世外高人。后来袁世凯倒行逆施，称"帝"后果然被全国人民口诛笔伐，被民众的口水淹死了，而溧阳百姓把这些画作泡在清水里治疗小孩痄腮，治一个好一个。这种故事虽属"聊斋志异"，倒也不失艺术本真。

写小小说结尾最讲究"临床一刀、临门一脚"。一篇小小说只有1000多字，即使闪转腾挪，使出全身解数，它也展示不了太多的具体内容，所以叫"临门一脚"，直接就是前场球，所有的人都处于动态之中，球就在你一个人的脚下，这个球必须踢出去，你的技艺如何全凭这一瞬间的功夫。"临床一刀"也是如此，医生拿着刀站在患者的手术床前，这一刀下去，切得好就治病，切得不好就会死人，这一刀凝聚着你的毕生所学。

　　李永生的笔记体小小说，立足作者家乡土地，多以旧时代和20世纪七八十年代为背景，以传奇手法谋篇布局，他追求的是"奇人奇事奇立意"。李永生笔下的人物，也大多具有崇侠尚义、正直善良、勇敢机智、多才多艺等优秀品质，充满着理想主义色彩。作者能以传奇的笔触，虚构出一个文化意义上的"涞阳县"，在实现自己文学梦想的同时，也致力于打造自己的"涞阳"地域文化符号，实属难得，令人称羡。他说："我一直在做文学大梦，想打造一片独特的地域文化，同时也为自己打造一片心灵家园的新天地。"

　　杨晓敏，河南省作协副主席，当代小小说事业倡导者，著名评论家。著有《当代小小说百家论》《小小说是平民艺术》等。主编有《中国当代小小说大系》《中国小小说金麻雀获奖作家作品集》《中国年度小小说》等著作百余部。

目　录

生命的绝唱	1
弹西瓜	6
穆小盆	9
孙友仁	13
章大河	17
脚　盗	21
讨　封	26
穷　摆	30
唐家泥人	34
徐记骨头馆	39
张记杂货铺	44
佟记火锅店	48

神仙师徒	53
画　缘	57
月舟图	62
儒　匪	66
情　书	71
四寸金莲	76
卢香臣	82
裘　贵	86
清　茶	89
穿过的衣服	93
神枪一只眼	97
狼不吃	100
墨　药	103
毒　药	107
贱　票	111
童　票	117
赎　票	123
扈三爷与剃头匠	128
孝子与八哥	132
曹义侯	136
老　拐	141
武家大院	146

情　报	151
智　胜	155
娃娃班长	159
标　语	163
刺　杀	167
花葫芦	171
官帽核桃	176
一笑了之	179
一把谷糠	183
单老尤	187
狐　戏	191
蒋保留	196
快感写作（创作谈）	203

生命的绝唱

黑色的硝烟弥漫天际，太阳在这黑色烟雾的笼罩下略显浮动。鬼子为了占领野三坡这个名叫"鸡蛋砣"的高山阵地，用骡子拖来了十门山炮。敌人的炮火把阵地几乎翻了个个儿。

他们已经坚守了三天三夜。牺牲战友的尸体在七月高温的烘烤下已开始发出异味，吸引着一只饥饿的老鹰向这个方向飞来。排长举枪向鹰瞄准。鹰俯冲一下，大概是发现了危险，便又高悬天空。瞄了瞄，排长却又把枪放下了，他犹豫着是否值得为一只鹰去浪费一颗子弹。那鹰身子稍晃一下，终究还是知趣地飞走了。除了噼噼噗噗的火苗声，战场上出现了短暂的安静。

一个排的战士打得就剩了两个人。除了排长，另一个是十六岁的娃娃兵。排长人高马大。兵身材瘦小，一脸的稚气。

社会万花筒之中国微小说系列丛书

　　兵念过洋学堂，读了半截儿，去年背着父母跑来参军。兵有文化，会写诗，都是抗战诗，很鼓劲。一有点闲空，兵便写诗。兜里装了好多碎纸片子，五颜六色，大部分是捡来的烟盒纸，上面密密麻麻的全是字。兵本来在宣传队，但主力部队因为打仗减员过多，被补充到了一线。刚来几天就碰到了这场硬仗。因为又瘦又小，大伙儿叫他"瘦干儿"。排长却只叫他"干儿"，而且两个字不连起来叫，他喊："干——儿。"瘦干儿说："排长占我便宜。"排长嘻眯一笑，说："我这岁数，当你干爹，你不吃亏。"

　　这片刻的宁静令排长全身放松，他解开裤带开始撒尿，刚尿了个头，却又急忙刹住，拿过干空的水壶，拧开盖子对准壶口继续猛撒。撒完，拧紧盖子，朝瘦干儿说："没了水，这是宝贝。"瘦干儿此时正睁大眼睛紧张地盯着山下。他望眼排长，生怕错过什么似的又赶快把目光挪到山下。排长说："别紧张，鬼子进攻，先打炮。"瘦干儿这才抹把汗水，一屁股坐到地上。

　　排长挖了一锅烟，斜靠坐下，袅袅起一股烟雾。吸完烟，排长开始数子弹，还有十二发。排长问："干——儿，你，还有多少子弹？"瘦干儿说："五发。"排长说："都给我。"瘦干儿磨蹭着把五发子弹掏出来，又一颗一颗过了下数，递过去，却又恳求说："排长给我留点吧。"排长想了想，就又退给他一颗，说："我一发子弹能换一个鬼子的命。"瘦干儿咬着嘴唇说："我也……能。"排长问："你干死了几个？"瘦干儿说："一个。""瞎猫碰到了死耗

生命的绝唱

子。"排长说,"笔杆子不中,打鬼子得用枪杆子。"瘦干儿小声说:"诗,也是武器。"排长"喷儿"地一笑:"什么湿啊干啊的,狗屁!"

这时炮弹呼啸而来,排长喊声卧倒,便把瘦干儿压在了身子底下。一轮炮击过后,排长从土里拱出来,从身下拉出瘦干儿,顺势摸了下他的裤裆,说:"我看是'湿',还是'干'?"摸过,感觉湿漉漉的,骂道:"孬!"瘦干儿羞愧难当。

鬼子屎壳郎似的又开始向前挪动。排长瞄准射击,果真一枪一个准儿。瘦干儿看了排长几眼,捂了捂胸口,按住那狂跳的"小兔子",举枪瞄了好半天,"叭——"一枪,一个鬼子倒栽葱。排长望眼瘦干儿,舔舔大拇指,摸出一颗子弹在手中捏了捏,撂个高儿,扔给他。瘦干儿子弹上膛,又捂了捂胸口,瞄半天,又一枪,又有一个鬼子倒栽葱。

鬼子趴在石头后面,暂时停止了进攻。而此时,正好他们的子弹打光了。

他们只剩了一颗手榴弹。

两人开始后撤,但没走出百步,只好停下了——前面是悬崖。

鬼子从三面包抄过来。

排长说:"咱今天回不去了。你这孩子也真可怜,只有十几岁。"

瘦干儿汪了两眼泪水。

排长问:"怕了?"

3

瘦干儿咬着牙说："不怕。尘土迷了眼。"

太阳渐渐暗淡了光泽，朝西天坠落下去。

排长搂住瘦干儿，感觉出他身体的轻轻颤动。

"干——儿，咱爷俩一块死，我陪着你，怕啥！"排长说着拧开了手榴弹盖儿，"咱队伍里没孬种！"瘦干儿的牙齿打着颤，说："我——不孬。"排长拉出了弹弦，慢慢地在手指上缠绕。瘦干儿忽然说："排长，别浪费手榴弹，给鬼子留着……咱跳崖，兴许还能活了……"排长脸对脸望着瘦干儿说："对，咱留个囫囵身子。"

排长向鬼子甩出了那颗手榴弹。

排长搂着瘦干儿走到悬崖边。向下一望，瘦干儿闭了眼，下意识地后退了一步。排长忽然掐住了他的脖子，吼道："我说过，咱队伍里没孬种！"

瘦干儿说："排长，我不是……排长……我蒙上眼睛……行么？"

排长皱皱眉，说："行！"

瘦干儿又说："排长，我还要留首诗。"

排长迟疑片刻，说："也……行！"

瘦干儿摸出了碎纸片，又拿出了笔，坐在地上，开始写诗。此时瘦干儿似乎镇定了许多。排长那只大手一直搭在他脖子上，乜斜着眼望着那支铅笔头刷刷地急速滑动。写完，瘦干儿把纸装进衣兜里，按了按。"兹拉"从衣服上撕下一块布条，蒙在眼上，说："排长，给我系上。"排长边系边哽咽地说："其实，你还是个娃娃啊！这样，也不丢脸！"

生命的绝唱

瘦干儿嗫嚅着说:"真——的?"

鬼子涌到了山上,惊愕地望着两个人。

疲惫的太阳即将结束一天的旅行,西方的山峦被阳光染成一片血红。忽然起了一阵怪怪的风,风无定向,趔过来趔过去,蒙在瘦干儿眼上的布条竟被风吹得有些招展。

蒙着双眼的小战士和排长一起走向了悬崖尽头……

这是一个真实的故事。那个叫瘦干儿的兵是我的四伯父。三年前,我在野三坡抗日战争纪念馆里看到了他那首写在烟盒上的诗。诗是这样写的——

    在牺牲的那一刻
    我蒙上了双眼
    同志们啊　别说我怯懦
    我只是不忍看
    不忍看属于我的最后一抹阳光
    在眼前匆匆掠过

社会万花筒之中国微小说系列丛书

弹西瓜

王肉滚是个厨子。名如其人,他是个大胖子,肥头阔嘴双下巴,肚子似扣了口大锅。据说王肉滚睡觉翻身要先搬肚子,比如向左翻,就先双手把肚子"捧"到左边,身子再扭过去。

王肉滚的厨艺好,被招进涞阳县衙当起了伙夫吃上了公家饭。

王肉滚为人挺随和,弥勒佛一样见人就笑。县长吃着王肉滚做的饭菜说:"饭做得好,人长得喜兴,再怎么生气,只要一见着王肉滚,这气就跑远了。"

王肉滚人还勤快,白天忙一天,晚上还经常加班干活。有几次,他大半夜就起了床,把县衙大院扫了个干干净净,而且还给三口水缸挑满了水。县长不止一次当着差役们表扬王肉滚,号召全衙向他学习。还将亲自手书的"敦厚勤勉"四个大字刻了大匾挂在了王肉滚家墙上。

生命的绝唱

若不是后来的一次"弹西瓜",王肉滚就会一直"模范"下去。

县衙的差役们住的是集体宿舍,大伙睡一条大炕,王肉滚也和大家睡一起。那天半夜,小北风嗖嗖的,贼冷。王肉滚起了炕,穿戴整齐后,就走出了屋子,但这次他没拿扫帚扫院子,也没拿扁担去挑水,而是进厨房拿了把菜刀,就又回了宿舍。

王肉滚一手持刀,站在地上向炕上扫视。十几条汉子把被子裹得严严实实,只把脑袋露在外边,一个个睡得正香。此时,在王肉滚眼中,那一个个脑袋已经不是脑袋,而是一个个滴溜圆的西瓜,王肉滚望望眼前的一排"西瓜",伸出一只手,拇指和中指搭起来一蹦劲,开始挨个弹"西瓜",梆梆,梆梆,连着弹了两个,都摇头(似是西瓜不熟)。也是这两个爷们儿睡得太死,王肉滚已经把他们的脑袋当西瓜弹了,愣是没醒。王肉滚接着弹下去,但弹到第四个的时候,王肉滚不摇头了,而是满意地点点头(看样子这个西瓜熟了)。王肉滚扬刀就要切西瓜,这时这个人忽然醒了,他一睁眼看见王肉滚举着刀,吓得"妈呀"一声。王肉滚一下子被惊醒了,激灵一下,菜刀哐啷掉到地上,这时候炕上的几位也醒了一大半,大家望着王肉滚,王肉滚望着大家。忽然,王肉滚跑了。

大家这才知道,王肉滚梦游。

梦游症患者王肉滚被县衙辞退了。

回家后第二年,小日本就到了王肉滚的家乡野三坡。乡

社会万花筒之中国微小说系列丛书

亲们被鬼子杀死了几十口,这其中就有王肉滚刚娶进门没多久的媳妇。

鬼子在村里修了炮楼,长期住下去了。没多久,王肉滚便被抓去给炮楼的鬼子做饭。

在鬼子据点,王肉滚依旧梦游,和在县衙时一样,有时半夜起来挑水扫院子。鬼子小队长拍着他肩膀说他良民大大的。王肉滚在心里一遍遍骂自己"贱",恨不得抽自己嘴巴子。

很快,王肉滚又弹了一次西瓜。

这次弹西瓜的情节比上次要丰富一些。上次王肉滚是由厨房直接奔向宿舍的,这次王肉滚拎刀出门的时候,停顿了一下,因为他看见站岗的伪军刘小头。刘小头正靠着墙坐在地上睡觉,王肉滚踱了过去,认真地看了看他的头,刘小头的头长得确实小,这样的"小西瓜"王肉滚是看不上眼的。王肉滚弹都不弹便走了,转身进了鬼子睡觉的屋子。

十几个鬼子躺了一溜,鬼子们不睡炕,就地搭铺,要弹西瓜必须蹲下去,这可难为了王肉滚,由于肚子上的肉多,一弯腰就"窝"得难受,费了半天劲也只能是半蹲。

王肉滚开始弹西瓜。但日本兵可不像县衙的差役们,他们警惕性很高,第一个"西瓜",就被王肉滚弹醒了。"西瓜""哇"地叫一声。这次,从大梦中醒来的王肉滚并没有像上次一样菜刀掉到地上。他看了看手中的刀,很淡定地想:今儿这刀既然举起来了,就不能白举啊!于是"咔嚓",就把眼前的"西瓜"切下来了……

生命的绝唱

穆小盆

穆小盆人高马大,往人面前一站似戳了半堵墙。他饭量好,一顿能吃一盆饭,为此便得了个"小盆"的绰号,大家都叫他"穆小盆",真名反而没人叫了。穆小盆吃饭的家什是一只砖红色泥瓦盆,他蒲扇般大手托住盆底,用胸口顶住盆沿儿,筷子在瓦盆里一搅和,就呼噜呼噜吃出了一种骄傲。

饭量大,力气也大,他就靠卖力气吃饭。

那天一大早,穆小盆背着瓦盆去涞阳县城找活干,走了十几里路,远远见前面有两个人正鼓捣一辆马车。穆小盆走近一看,那马车上装着十几个瓷实实的麻袋包,车轱辘陷进了软泥,车把式啪啪甩着马鞭子"架架"地吆喝,后边一胖老头歪着脖子帮着推车,那匹枣红马炸毛扬鬃地往前拽,但那车轱辘在软泥里"滋扭滋扭"转换着方向就是不往前走。估计他们已经倒腾了一阵子,枣红马累得鼻孔里呼呼直喷白气。胖老头看到在一边站着看热闹的穆小盆说:"后生,搭把手可以不?"穆小盆走过去,说:"你把马卸下来,我给你拉上来。"胖老头望着他,好像没听懂。穆小盆重复一遍说:"没错,我给你拉上来,可你得答应我一个条件。"胖老头忙点头。穆小盆说:"我正饿,你去给我买五十个烧饼,我吃了才有劲干活。"胖老头说这前不着村后不着店的,让我上哪里给你买烧饼?穆小盆说:"那你们身上带干粮了么?"胖老头想了想,转身从车上拎下一个包袱,解开后从里面拿出三张大饼,说:"就这些了,全给你。"穆小盆接过,把三张大饼卷在一起,不一会就捋摸着胸脯把大饼填到了肚子里。吃完,穆小盆拍拍手,把瓦盆放到地上,用眼睛示意车把式把马卸了套。穆小盆走过去,站在刚才枣红马站的位置上,双臂架起车辕,倾身躬背一跺脚,瞪眼喊声"走",那马车便摇摇晃晃走出了软泥。

　　胖老头和车把式看得目瞪口呆。胖老头问清穆小盆是要去城里找活干,说:"跟我走吧,我家的活你一辈子也干不完。"穆小盆便跟着胖老头回了家。

　　胖老头是一大户人家的管家,这户人家养着七八个长工,穆小盆也便成了这家的长工。穆小盆依旧端他的瓦盆吃饭,一个人能干四五个人的活,很快便当上了长工头儿。

　　东家没儿子,膝下只有七个丫头,六个丫头都嫁了,专门剩下个老七,为的是招女婿上门延续香火。东家见穆小盆实在能干,就有意招赘他。那阵子地里的活重,长工们累得够呛,这天早饭东家特意让灶上蒸了开花大馒头,还炖了

生命的绝唱

粉条猪肉。吃罢饭忽然下起了瓢泼大雨。长工们吃了个肚儿圆，又能歇个"雨工"，都高兴，猫在屋里滋腻腻睡大觉。只有穆小盆憋得难受，在屋里搓着手一遍遍走绺儿，时不时地隔着窗户望望天空叹口气。东家隔着院子问他咋了？穆小盆说："吃了那么好的饭食，可干不了活，不是白吃了？"

东家很高兴，觉得穆小盆闲不住，富贵了也不会忘本，好！就招赘穆小盆当了女婿。

穆小盆就当了少东家，东家就成了老东家。老东家没看错，穆小盆果真富贵不忘本，除了穿戴好了一些，他依旧和长工们在一起出力气流大汗，别人干啥他干啥。

又过了些年，老东家老了，就对穆小盆说："富贵不忘本，好，但有时候一个人该变变角色就得变变角色，我老了，把这个家正式交给你，你就成了真正的东家。真当了东家，若不摆谱，反而会让人小瞧你。要学会用脑子管人，所谓劳心者治人不就是这个理儿？"穆小盆觉得岳父的话说得有理，点头，就开始学着摆谱当老爷——

穆小盆学会了抽烟袋，

穆小盆学会了提笼架鸟，

……

反正穆小盆就不干活了。可是穆小盆不卖力气了，饭量就相应地小了，原先他还硬撑着吃一盆饭，后来，便改成了半盆，再后来就把盆改成了碗。穆小盆那个标志性的瓦盆开始"退休"了。这时候，穆小盆竟感到了很大的失落，那个跟随他多年的瓦盆在他心中早已成了一个标志，就如同关公就得攥一把青龙偃月刀，张飞就得拿一支丈八蛇矛枪。不端瓦盆，穆小盆还是原先那个能吃能干的穆小盆么？

穆小盆闷得慌。

穆小盆别扭着又当了几年老爷，老东家就仙逝了。送走老东家没几天，穆小盆就心急火燎地换上了原先穿过的粗布衣裳，和长工们一起干活去了。

穆小盆就又骄傲地捧起了瓦盆。

没多久，风起云涌的"土改"运动来了，邻村几个地主都挨了斗，还被毙了两个。穆小盆是他们这个村最大的地主，贫农团自然不会放过他，为了挖出他家浮财，他们把穆小盆抓起来吊在了房梁上。但他家长工们不干了，长工们排着队找工作队说理，他们拿小木棍敲打着穆小盆用的那只瓦盆说，你们见过扛大锄放响屁吃粗食的地主么？长工们都是穷人，这时候穷人就是主人，面子总得给，穆小盆最终被"保"了下来。

劫后余生的穆小盆说："劳动能改变人的命运啊！"

生命的绝唱

孙友仁

在我们村,孙友仁算是位特殊人。他是天津人,原来当过国军的上尉连长,解放石门的时候投诚参加了解放军。解放后被组织上安排了工作,在我们这里的粮站上班,"文革"一来,就因为有当过国民党兵的经历,被下放到我们村。

孙友仁那时候六十来岁,个子矮,背微驼,说一口天津话。他眼睛小,只窄窄的一条细缝,几乎看不见眼仁,像是永远睡不醒,看人时往往仰着下巴,很费力的样子。他住第二生产队马房。马房,就是养马、骡子、牛之类牲口的场所,每个生产队都有一个马房,这也是生产队的办公室。二队的马房在村南,七八间矮矮的土房,墙体挺胸凸肚,门窗已大部分破损。其中两间是相通的,其他都是单间。孙友仁住一间,饲养员住一间。相通的两间属于"司令部",社员开会使,有土炕,铺着破旧的炕席。靠墙垒有给牲口炒料使用的锅灶。小时候，我爹就经常带我来马房开社员会，开会的时候，往往正赶上饲养员老侯炒马料，大灶烧火，土坑热得烫屁股。老侯用大铁锨"哗哗"翻炒着黑豆，火候差不多了，会铲起半铁锨往炕上一撒，说："吃啵！"

孙友仁的户口并没落户我们村，所以他算不得正式村民，他好像是有工资的，所以不用参加生产队的劳动。但孙友仁给生产队拾粪。生产队也不亏待他，每年供应他必需的粮食。

孙友仁每天老早起身，骑自行车去拾粪。他的自行车是那种老式车，没挡泥板，也没闸，控制车速全凭鞋底摩擦前轮。后轱辘两侧绑两个粪筐。走时粪筐空空的，傍晚回来一准满满的。

孙友仁拾粪回家，必经南大街，这时候大街上的孩子们往往会多起来，大家在专门等他回来，因为他回来会给大伙发烟卷儿。

见着孙友仁远远地骑车回来，孩子们便呼啦围上去把他截下车，手一伸："老孙，烟。"

孙友仁并不吸烟，但总是备半盒烟卷儿，他并不会乖乖地把烟拿出来，他先操着一口天津话给人们讲一段毛主席语录，"毛主席教导我们说，我们都是来自五湖四海……"等。但孩子们不管这一套，只是喊"烟"。孙友仁无奈，磨蹭半天只好拿出来。多则三五支，少则一两支。孩子多不够分，再要，他就一副哭相，一个劲儿说"没了没了"，这时候孩子们便让他背几段毛主席语录，才肯放过他。

除了拾粪，孙友仁几乎不和任何人来往。只偶尔和饲养

生命的绝唱

员说几句话。他喜欢看书,但只看毛主席著作,晚上点着煤油灯学毛选,遇到雨天不能外出拾粪,便坐在门口认认真真学,蘸着唾沫一页页翻看,有时候一页刚翻过去,却又翻回来,好像上页没看清或没弄明白,需要"补"一下。他对毛主席的文章几乎达到了倒背如流的地步。孩子们截烟的时候让他背毛主席语录,也算让他大展才华了。

孙友仁还有一项特殊的技艺——画画。

也不知道是谁第一个发现孙友仁会画画的。反正我们队里的好多社员都让孙友仁画过。特别是那些爱凑热闹的大姑娘小媳妇,得了闲,见着他,说:"老友给我画一张。"孙友仁从不拒绝,每次都说:"好!"孙友仁画的是素描,拿一铅笔头,也不管什么纸,报纸也好,包点心的草纸也好,随便找来就画。那时候孙友仁就如同换了个人,神情很专注,细细的小眼睛瞄人一眼,"唰唰"几笔,再瞄几眼,又几笔。画完一看,和本人很像。人们都惊呼,问:"老孙哪里学的?"孙友仁说:"我上过美术学校。"接着他话茬往下问,才知道他是投笔从戎的一类。

孙友仁在我们生产队的这些年,不招谁不惹谁,除了小孩子截他几支烟,没人欺负他。人们常常看着他画的画说:"老孙文武双全,好能耐呢,要是一开始不加入国民党,早弄个师长司令干了。"

然而,能耐人栽在了能耐上。

那几天,饲养员老侯病了,他儿子侯二替爹喂牲口。侯二是个"三只手",那天见孙友仁的屋门锁着,心里一痒,就撬锁进去了，锁是土锁，侯二用细铁丝一拨就弄开了。实指望弄几盒烟抽，不过烟没找着，却从炕席底下翻腾出一叠画稿，侯二一看，眼立马就直了。一张张翻看，侯二的眼珠子就差点掉出来——画的都是各种动作的光屁股男女……侯二似乎觉得这些人哪里见过，拿到窗前看仔细，就一个个认出来了——都是村里人。

侯二感到事情重大，挑了几张女人的画像揣到怀里，把其他画稿又放回了原处，然后走出屋子，把锁重新锁上，一溜烟去公社派出所报了案。

孙友仁回到家，等待他的是几个警察和一群看热闹的人。警察把那画稿朝他一扬，手铐子就铐在了他手腕上。孙友仁在人们一声声老流氓的骂声中被带走了。

孙友仁咋就能看见人的光身子？就怀疑他一定是戴了透视镜之类的高级东西。继而联想到，他那双"瞎"眼之所以不敢睁大，一准是怕发现他眼里藏的东西。一群人就到他屋里翻腾，犄角旮旯翻遍了，老鼠窟窿都没放过，也没找出老流氓的作案工具。

孙友仁最终因流氓罪被判了有期徒刑，第三年，就死在了满城劳改农场。

侯二私藏了一些画有光屁股女人的画稿，时不时拿出来欣赏一下，一个月后，才按图索骥，每张五个鸡蛋，把那些画恋恋不舍地换给了真正的女主人。

谁都不会想到，这些女人在愤愤大骂一顿孙友仁后，并没有把那光屁股画烧掉或撕掉，而是都偷偷藏了起来。

生命的绝唱

章大河

　　章大河是我的小学老师，住我家斜对门。在章老师成为老师之前，我一直按乡亲辈叫他六叔。章老师那时候三十来岁，高高瘦瘦、细皮嫩肉的，长得就很"老师"。他是个特要干净的人，一年四季戴套袖，而且他的套袖不止一套，稍脏一点就换。章老师抽烟，有时候我放学回家，他会拦住我，跟我要纸。我从作业本上撕一张写过字的纸给他。他朝我笑一下，把纸叠成二指宽的长条，很小心地撕成一小摞，抽出一张，把其他的对折起来掖在口袋里。但他不急着马上卷烟，而是看看手中纸条的正反面，再啪啪用手指弹两下，噗噗吹吹纸面，似乎要把上面的铅笔字吹掉。接下来才掏出一个扁铁盒，打开盒盖，翘着小手指头把里面的烟丝一点点"磕"到纸上……

　　其实章老师文化水平并不高，初中只上了半年，而且上学的时候成绩也不怎么好。文化不高的章大河之所以能当老师，主要原因是他哥哥是村里的支部书记。那时候正是"文革"时期，知识的多少对能否当老师并不起决定性作用。

章老师一来就教我们语文。我记得章老师上第一堂课的时候，穿一件半旧的蓝色中山装，但套袖却是新的，上衣口袋里还插了一支钢笔。

来没几天，章老师就丢了回面子。

那天上拼音课，章老师在黑板上写了一组词——"板凳""收音机""茶壶"，每个字上面对应着一个拼音。章老师用教鞭指着黑板教我们读："伯—安—板，的—嗯—凳"，我们扯着嗓子大声随着章老师念："伯—安—板，的—嗯—凳"。因为我们这里的人把"茶壶"叫"茶吊子"，所以章老师在读"茶壶"的时候，就有些疑惑和犹豫："吃—啊—茶"，章老师停顿了下，接着就把"壶"读成了"喝—喔—吊"。

这事传出去，就成了笑话，好长一段时间，人们见了章老师，就小声背后指点着说："喝—喔—吊，那就是吊老师。"

这件事已令章老师羞愧不已，但没多久，章老师就又因为把"溪水潺潺地流"读成了"溪水滋滋地流"而闹了另一场笑话。章老师恨不得找个地缝钻进去。有心撂挑子不干了，但再回去耪地怕人笑话。这时候校长说那你就教副课吧，教副课将就人。校长说的副课是指音乐、美术和体育。章老师就选择了教音乐。但我们学校有音乐老师，姓耿，是个女同志，而且人家还是音乐科班出身，识五线谱，还会吹拉弹唱。校长就给女教师做工作，让她跟章老师换一换。

生命的绝唱

女老师心肠不错,虽不情愿,但为了成全章老师,最后答应了,章老师就开始教我们音乐。但他对音乐也不在行,开始只是教大家清唱。清唱用不着乐器伴奏,只要不跑调就行。但学生们不高兴。因为耿老师教音乐的时候,要用风琴伴奏,自然比清唱好听得多。学校有一架风琴,过去上音乐课,我们都特兴奋,轮到耿老师的音乐课,课前耿老师就到教室,用手指"你、你、你"点几个同学到教务室抬风琴。不是随便哪个人都能被耿老师指派去抬琴,只有成绩好的学生才能享受这个待遇。几个学生兴高采烈地抬着风琴往教室走,一大群帮不上手的学生们就簇拥着走,淘气的男同学会找机会按一下琴键,便撒丫子跑开。所以说,耿老师上音乐课,从一开始就给大家带来欢乐。而章老师却不能。章老师不能老丢面子,就去拜耿老师为师,说您既然成全了我,就好人做到底。耿老师果真好人做到底,就开始教章老师音乐。章老师悟性不错,也很勤奋,很快就学会了一些音乐基础知识,并能用风琴弹奏一些歌曲。章老师再给我们上音乐课的时候,就不再是清唱了。章老师端坐在琴前,弹奏前会习惯性地甩甩头发,那时候我们还不懂潇洒这个词,只是感到章老师甩头发的姿势很好看。那段时间,我们好多孩子就都学着章老师的样子甩头发,尽管我们一水的小平头或者秃瓢。除了弹琴,章老师"打拍子"的姿势也很漂亮,"打拍子"是我们这的俗语,其实就是指挥。章老师"打拍子"的时候并不拿指挥棒,只是空手,手指时而张开时而半攥拳头,双臂左高右低或右高左低地摆动,或轻柔或有力,时而高过头顶时而与肩齐平。虽然弹琴的水平章老师比不过耿老师，但论"打拍子"，章老师绝对比耿老师水平高，因为耿老师是个粗腰矮胖子，而章老师是个细腰大高个，腰身能像柳树枝一样轻微摆动，给人动感和美感。

  章老师也意识到了自己的"拍子"打得好，已经超过了耿老师，很骄傲。

  章老师的音乐课教得越来越好。他的音乐指挥才能也因为一次伟大的哀悼活动而达到了顶峰。

  主席逝世，全民哀悼。我们学校也组织追悼会。师生们胸戴白花臂戴黑煞，表情肃穆地在操场上排起整齐的队伍。哀乐低徊，哭声嘤咽，哀伤充满操场。章老师早已泪水涟涟。泪水涟涟的章老师莫名其妙地走上主席台，面对全校师生打起了拍子。章老师两只胳膊随着哀乐有节奏地缓缓摆动，像一只忧伤的蝴蝶做最后的舞蹈。人们在章老师的指挥下哭得波澜壮阔此起彼伏。

  这个风头出得很大，章老师自此名声大振，像明星一样被人艳羡。章老师吃水不忘挖井人，他清楚自己的音乐技能是跟耿老师学来的，就报恩似地对耿老师好，对她关怀得无微不至，嘘寒问暖，胜过亲人。一次，耿老师半夜肚子疼，章老师去给她揉肚子，却被校长"敲"出了门。

  第二天，章老师就失踪了。

生命的绝唱

脚　盗

关三老两口儿,年轻的时候当过贼,后来洗手不干了,隐居涞阳。

关三用偷来的钱财买了宅院,还开了一个绸缎庄,红红火火地过起了小日子。30年后,就成了涞阳城首屈一指的富户。

令人想不到的是,已成富绅的关三却不忘本,经常偷偷练习他那偷盗的本事——手指从煤火炉里夹烧红的煤块,开水里夹肥皂。关三这样做有他的理由。他说谁能保证富贵一辈子?万一将来落魄了怎么办?找不到活路,没准还去当贼。勤学苦练的那些绝活儿,怎么就随便荒废呢!夫人笑话他:"你就是想过贼瘾。"关三撇嘴"嗤"一声,吧嗒抽口烟:"还有,技痒。"

有时候,关三会让夫人陪他习练。夫人拗不过,只好依他。比如,他假装是盗贼,让夫人当主人,主人去捉他,他怎么逃脱，等等。或者，他独自表演技艺，夫人当评委，每做完一个动作，夫人会给他打分：分"优""中""差"三等。玩得很是老小孩。当然这些事情都要背着家人。所以俩人大白天老拉着窗帘，引得人们红着脸吃吃笑。

关三是大户，自然被贼惦记。当然，一些贼在行窃的时候就被家丁们逮个正着。抓到这些贼，关三不打不骂，更不把他们送到官衙，而是让这些贼为他表演偷技，等把贼人的"艺儿"掏完了，便摸出几个大洋，很礼貌地把贼送出门。靠这种方法，关三也见到了一些他从没见过的玩意儿。关三一上眼，就能托出一摞大洋。

每见识一门新本领，关三就习练。关三博采众长，海纳百川，偷技很是提高了不少。

一次，他们又抓到一个贼，这个贼看上去已有七老八十，瘦成了一把骨头。

关三亲自给老贼松了绑，说："老哥，偌大年纪了，还做贼？一准是真的遇到了难处。"老贼微闭着眼睛，并不直视关三，只是点点头。关三说："本该把你送大堂，但见你一把年纪了，我也就做回好人。"关三捏起一个"袁大头"扔过去，老贼稳稳地接了，毫无表情地望望关三。"这个给你。"关三就又捏起两块，"老哥若不想无功受禄，小弟倒想让老哥把你的偷技表演一下，算是让我们大家开开眼。哄得我高兴了，钱还加。"手指头撮撮大洋，掂掂，扔过去。老贼伸手，三个大洋"当啷"砸在一起。老贼脸上竟依旧看不出什么表情，眼睛依旧微闭着，半天，说："真的？不送

生命的绝唱

我见官?还给我钱?"关三夫人答了话:"我们老头子就喜欢过贼瘾,当然是真。"

老贼低头不语,点头,站起身,说:"老爷,谢您!我给你点支烟。"说罢凑上前,点完烟。老贼张开手,亮出掌心一枚金光闪闪的戒指,"老爷,您的玩意儿,请收好。"这时,关三已隐约感觉到,这老贼一定是贼道顶尖高手。刚才摘他戒指的利索劲儿,就在自己之上。还有,那蔫皮虮子般木然的表情,微闭的双眼……如此超乎寻常!他想,这老贼一定还有更高的偷技。关三缓缓站起身,搓搓手,说:"也罢。看你病恹恹的可怜劲儿,老关我就积积德。"说着就叫管家托出十块大洋。关三接过那盘大洋,朝老贼一晃。然后走出大门,把洋钱朝天一撒,大洋当啷当啷落了一地。关三扭头对老贼说:"老哥若不嫌弃,就把这银钱拿走!"

老贼低头思索半天,说:"老爷说的可当真?"

"当真!"

老贼忽然长叹一声:"唉!若不是得了这该死的痨病需钱诊治。我这手艺是不会轻易露的。"此时老贼那原本微闭的双眼忽然睁大,放射出别样的光芒。他甩掉两只鞋子,光着脚丫子走了出去。

关三心里暗叫一声:"来了——"双眼竟兴奋地放光。

众人一起随老贼走了出去。

此时云雾正隐了那弯新月。灯笼把院子照得影影绰绰。老贼在院子里伸伸腰,腰板就变得溜直。几个家丁围院墙站了一圈,防止他逃脱。老贼开始悠闲地在院中散步,旁若无

社会万花筒之中国微小说系列丛书

人。走走停停，停停走走，时而举头望月，时而低头沉思，像一个忧伤的诗人。老贼似乎有意避嫌，腰都不猫一下。偶尔猫了下腰，众人的眼珠子就睁大了一倍，谁知他只是用手在后背挠挠痒，咳嗽一阵，就又挺直了腰。众人一脸茫然。这时，老贼忽然双脚一摆，踏了一阵急风，开始杂乱无章地游走，灵动似八卦，柔软似太极，且越走越疾，如一枚陀螺左转右旋，飘东飘西，忽南忽北，院中就鼓荡起一股轻风，爽爽地一撩一撩地扑人脸颊。众人惊愕，竟不知所以然地叫出好来。旋即，老贼步子却又缓了下来，飘飘荡荡如一片落叶……

关三早已痴呆了双眼。

这时候老贼倏地停下来，不说话，只直直朝回走，众人忙闪开一条道路。老贼重回客厅，站定，再挪脚窝去寻鞋，众人一见他刚才站过的地方，个个目瞪口呆——地上整整齐齐码放着两摞大洋。

关三一下子把那老贼按在椅子上，抄起他两脚一看——老贼每个脚板上，各有一个"肉窝"。

"脚盗——这就是传说中的脚盗啊！"关三兴奋地双眼放光。

是啊，脚盗！世上独一无二的神偷绝技。关三在学徒的时候，就听师傅说世界上有这门手艺，号称贼道上的绝技之巅。但一直无缘见到。刚才，他觉出老贼是贼道高手，脑子里不知怎么就忽地蹦出"脚盗"两个字。把那十块大洋抛出去，自然是想引出这门绝技。但关三知道，要想寻到这门绝

生命的绝唱

技,无异于大海捞针。如今,这"针"竟被他捞着了。

关三恳求老贼教他脚盗。

老贼最后点头答应了。

……

关三掌握了习练脚盗的方法,如获至宝,自此便废寝忘食地苦练这门绝技。

一年后,关三脚盗练成,然而,乐极生悲,那一刻由于兴奋,竟一命呜呼了。

夫人趴在关三身体上大哭:"既然改邪归正,就不该老回头想那'邪'呀!"

社会万花筒之中国微小说系列丛书

讨　封

　　傻九是个铁匠，带儿子，在涞阳东关开铁匠铺。铺面就一间房，屋里除了一盘火炉，就是铁锤火钳之类的打铁家具。傻九本姓沙，叫沙九。只因长一张长长的驴脸，嘴唇耷拉，一股傻像。而且是个闷葫芦，一天也说不上几句话，还有点结巴，更显出傻气。为这，人不叫他沙九，叫他傻九。除了上茅房，傻九几乎成天都待在铺子里干活。那叮当叮当的打铁声不绝于耳。

　　傻九膀大腰圆，每天抡锤打铁，自然就练出了一身蛮力。他儿子只有十四五岁，又黑又瘦，却和他老子一样抡大锤。人说："傻九，这儿子一准不是你的种，不怕把孩子累吐血？"

　　听到这话，傻九就傻傻地笑笑，那孩子也憨憨地笑笑。

　　爷儿俩干的是力气活，自然饭量大。据说俩人爱吃烧饼。那些烧饼排队一样斜斜地码在扁担上，足有几十个。爷儿

生命的绝唱

俩从两头开吃。一大一小两张嘴巴风卷残云,剩下的最后一个烧饼正好是扁担中间那个,俩人把烧饼一撕,一人一半。

傻九爷儿俩,老老实实干活,不招谁惹谁。按理说就是普通人过普通日子。可偏有人就看出俩人的不一般。在"角儿"大街摆摊算卦的朱瞎子说:"各色啊!成大事的材料!"朱瞎子号称神算,人们信服他。人问:"咋就各色?"朱瞎子"嗤"一声:"扁担上放烧饼你见过?干巴瘦的黑小子能轮百十斤大锤?朱元璋为啥当皇帝?不就因为长一张驴脸,奇人异相!"

朱瞎子的话有嚼头。

嚼着嚼着,故事就来了。

进西陵的那条铁路修建前,慈禧老佛爷去西陵进香,要坐轿子。涞阳是从京城去西陵的必经之路。为这,这一路上建了好几处行宫。

这年,老佛爷又要去西陵,事先,这事就沸沸扬扬传开了。

黄土垫道,净水泼街,老佛爷的仪仗浩浩荡荡迤逦而来,大臣侍卫太监宫女簇拥着金黄的十六人抬大轿,大路两边跪满看热闹的百姓。那天老佛爷看起来心情不错,轿帘大开。轿子稳稳而行,眼看快过去了,这时候,忽然有人喊一声:"请老佛爷赏饭——"话音未落,傻九爷儿俩已从人群里挤出来。

爷儿俩穿行之处,人们惊呼一声赶紧闪出一道口子,因为爷儿俩每人手中拎一石锁。两个石锁一样大小,看上去足有一二百斤，碰到身上可不得了。傻九爷儿俩拎着石锁腾腾走到大路中间，面朝仪仗"一"字站好，一老一少同时用力，一粗一细两个声音一起喊声"起"，两个石锁就被二人双手稳稳地举到头顶，傻九喊声"跪"，爷儿俩同时缓缓跪下，动作整齐划一如剪如切，好似事先排练过。

几乎与此同时，不知谁喊声"有刺客"，大轿停下来，侍卫们拔刀拧抢就要上前拿人。

这时老佛爷却开尊口了："大惊小怪的，你们见过不拿刀枪的刺客么？人家这是卖艺儿讨封呢！"

一听这话，爷儿俩忙点头。

人们都把目光再次转向爷儿俩。见俩人除了鼻尖上冒点汗，竟是腰不颤臂不弯。一眨眼已是半袋烟工夫。

老佛爷又发话了："别说，还真有把子力气。是想为我大清朝效力么？"

傻九爷儿俩又一起点头。

慈禧笑了："好啊！"接着把一武官叫到眼前问道，"你是我大清第一勇士，和他们俩比如何啊！"

那武官眼珠子一转，犹豫一下，说："回禀老佛爷，两人天生神力，但不知武艺如何？"

慈禧说："那就试试！"

那武官会意，努一下嘴，就有人把一把刀"当啷"扔过去。傻九放下石锁，捡起刀，朝后退几步，便把那刀呼呼耍起来。顷刻，傻九身子被刀影裹住，只让人觉出一个雪白的大球在呼啦啦转动……收刀站住，傻九面不改色，扔刀重又

生命的绝唱

上前举起那石锁跪下。

一杆大枪又扔给傻九儿子。这小子学他爹，放下石锁，也是后退几步，那大枪便被这个瘦瘦的小家伙舞成了一条银龙，人们只觉得耳根呼呼生风，似真有一条龙在身边张牙舞爪盘旋飞舞。惊愕之际，那小子忽然来了个苏秦背剑，双手一拧，大枪顺脊梁脱手而出，直直地斜着飞向树梢，"噗"地插进树杈上的老鸹窝。

虽说老佛爷身边的侍卫个个都是一等一的高手，但爷儿俩这样的力气这样的功夫确还是第一次见到，大伙看得大眼瞪小眼。那些没怎么见过世面的老百姓就更别说了，嘴巴张得能塞进个桃子。

老佛爷面露微笑，又问那武官："如何啊？"武官一摊手，道："功夫好当然好，可太好了就不一定是好事，这爷儿俩来路不明，他们若造反，我们这些人谁能弹压得住啊！"慈禧压根没想到这一层，琢磨一下说："有理！"一挥手，轿子继续冉冉前行。

傻九爷儿俩只能眼睁睁地看着那轿子一点点远去，傻九气呼呼地说："娘的，人没能耐不行，能耐大……大……了，也……不行？"说着一扯儿子，拍屁股回去打铁了……

屁股后面就留下了这个"讨封"的传说。

社会万花筒之中国微小说系列丛书

穷　摆

郭公子是个乞丐。我们这里有个歇后语：乞丐挎桌子——穷摆。郭公子讨饭时就"穷摆"。不过郭公子并不挎桌子，也不把讨要来的饭菜"摆"在桌子上吃，而是摆在一白布单子上吃。那白布单子就是他的"饭桌"。

郭公子清瘦，穿戴和普通乞丐没什么差别，也是衣衫褴褛，不过却洗得干干净净。脸蛋泛着很健康的光泽。人说这是因为郭公子经常能讨到好吃食，并不缺乏营养的缘故。

郭公子之所以能讨要到好的吃食，原因之一是他祖上积德。郭家是涞阳大户，郭公子的爹外号"郭半城"，乐善好施。郭公子是独子，从小娇生惯养，吃喝嫖赌皆拿手。爹娘被他活活气死了，留了偌大家产，本能受用一生，却赌得出了格，最后竟输掉了整个家业，后因借高利贷被债主打断了一条腿，最后沦落到乞讨的地步。涞阳城受过他家恩惠的人，怀报恩之心，遇郭公子讨要，施舍起来就很大方。

生命的绝唱

还有一个原因,就是郭公子讨要得很艺术。

郭公子一般拣富户讨。到吃饭的点儿,哪家大门便被很有节奏的声音轻叩:"搭——搭搭",一长两短,主人若听不到,门不开,依旧是"搭——搭搭",不急不慌,夹有一句:"叔叔大爷,大娘大婶,行个方便。"主人听到,会隔着窗户答一句:"郭公子来喽——"便用一空碗,把各种饭菜夹进去一些。端出来,脸上笑呵呵的,屁股后边往往跟着自家的孩子,急不可耐地往门口跑。

到了门口,郭公子见了主人,忙躬身施礼,却不急着接碗,而是先把肩上的背包放下来。背包是蓝粗布做成的,有补丁,却洗得"潲白"。他先是从包里掏出一块两尺见方的白布,很费力地蹲下来(因为腿有残疾),撅起嘴巴小心翼翼地"噗噗"吹吹主人家的台阶。吹的劲头说大不大,说小不小,只让那些浮土朝两旁荡人,却并不腾起来污了脸面。然后把白布啪啪抖两下,正反面看上两眼,若有污点,用手指轻轻弹去,才把它平展铺在台阶上。这时候,郭公子重又站直身子,主人的碗也正好递过来,郭公子便再浅身一礼,把碗放在白布一角,扭头从包里掏出一摞瓷碗和一双筷子。碗都豁牙露齿,却也洗得干净。碗共四只,正好在白布单子上排列成正方形。郭公子把主人施舍的饭菜分门别类地夹到自己碗中,青菜一碗,肉一碗,豆腐一碗(当然也只是一碗底),米饭或馒头一碗。若主人施舍的种类不够四样,便把空碗装回书包,免得伤主人面子。这时候主人家往往觉出不好意思,下次再见到"郭公子",饭菜自然就丰盛些。主人

社会万花筒之中国微小说系列丛书

自始至终脸上挂笑看他"摆列"。郭公子席地而坐,开始吃饭。他把筷子拿起来,对着阳光照照,也不知道他在看什么,然后把两只筷子互相敲击一下,再甩一下,开始夹菜夹饭,一小口一小口津津有味地吃,吃得优雅而气质。孩子们早已兴奋不已,围着他坐下,小手扶着他大腿,眼光随着郭公子的筷子游走,慢慢地流着口水。饭毕,不管饱不饱,也不知是有意还是无意,会很响地打个饱嗝,然后从兜里摸出一块叠得方方正正的白布手帕,打开,里面躺着一根牙签,两根手指捏起来开始剔牙。这时主人会问一句:"公子,吃好了?"郭公子忙起身,说:"饱饱的了,讨扰大叔。"说着就开始收拾碗筷。把碗摞起来,背上挎包,端着碗筷,一瘸一拐地去找有水的地方洗刷碗筷去了。

人说:"这是落道不落价。"

可以说,那时候,在我们涞阳这个小城,郭公子的"穷摆"成了百看不厌的一个节目,给无数的家庭带来了欢乐。若家里来了客人,主人就特别盼着郭公子来讨饭。若来,主客一同欣赏郭公子的"穷摆",不亚于给客人请来一台大戏,直叫人看得眼珠子落地。

忽然有一段日子,人们再不见郭公子来讨饭了。直到有一天,人们看见了衣衫光鲜、出入坐漂亮马车的郭公子时,才知道,郭公子已经不再是乞丐,人家时来运转了。

原来,郭公子的爹知道儿子不可救药,临死时给自己的一位生死之交留下一张巨额银票。等儿子败家吃尽苦头后,才把钱给他。那位朋友觉得郭公子讨了几年饭了,也该是得

生命的绝唱

到教训了,便把银票给了他。郭公子望着银票流了好半天的泪。就用这些银子赎回了老宅和部分店铺,重又过起了富家子弟的生活。郭公子为报恩,给他常讨要的人家每家打制了一盏小银碗。因为知道乞丐之苦,郭公子对乞丐很是关照,每月三次在自家门口施粥。

一日,又到施粥的日子,郭家大门前集聚了几十名乞丐。这时,郭公子走出大门,对众丐说:"落道不落价,郭某做乞丐的时候,之所以能讨要到丰盛的食物,是我讨得聪明,讨出了艺术。人们把我的'穷摆'当成了稀罕玩意儿。"说罢望望众丐,上了马车。

下次施粥的时候,郭公子又来看乞丐,几名乞丐一见他,扑啦啦从怀里掏出了各种颜色的布单子。郭公子呵呵笑了,说:"很好,不过什么东西多了,就不值钱了。大家若学我,不如就散到别处,兴许能讨出个好日子。"

乞丐们受到启发,就走出了涞阳,跑到别的州县去讨饭了。

没多久,民国政府提倡新生活运动,因为涞阳少了乞丐,卫生状况就好了许多,涞阳县就受到了褒奖。人们说:"这是郭公子的功劳。"

据说,因为涞阳的乞丐们会"穷摆",少有饿死者,且大部分长寿。

也是一奇。

社会万花筒之中国微小说系列丛书

唐家泥人

　　涞阳北关唐家，从老五辈开始捏制泥人，每一辈都能诞生一位"泥人王"。第五辈的"泥人王"叫唐拓。瘦瘦的唐拓是个"少白头"，二十几岁须发便黑白一半，三十岁白多黑少，四十岁就几乎全白了。他特意留了三缕胡须，很是飘然，就有些仙风道骨的架势。旧时候，捏泥人的归入"匠人"一类，人管他们叫"师傅"。但唐拓童颜鹤发，能给人一种很"艺术"很"另类"的感觉，加之他技艺高超，人不叫他"唐师傅"，叫他"唐大师"，虽然只有一字之差，内涵却是大大不同。

　　唐家泥人，是对唐家泥制作品的总称。这些作品种类繁多，有人，也有老虎，马、牛及猫、狗之类的动物。货有粗细之分，粗货用模具翻制，批量生产。细货主要指"人"，多为戏曲中的人物，用手工捏制而成。泥团在手中捏、挤、拉、押，手中的剪子、刀子、拔子、梳子、压子等工具随

生命的绝唱

时配合，勾、抹、挑、搓，一件作品便如行云流水般跃入眼前。捏制泥人，选料是第一关，唐家取土，多是去拒马河老鸹滩，那里有上好的胶泥。土取回来，先要滤去杂质，然后晒干，掺入棉絮，打制成坯，谓之"熟土"。打坯是个累活，非壮劳力不行，唐家要付双份工钱，打坯人还享有一日三餐和主人一起吃白面馒头的待遇。"熟土"每块十斤左右，用油布包好，放入地窖里存放，随用随取。

唐拓精益求精，努力把家传技艺发扬光大，他捏制的最叫绝的微型作品是"老鼠嫁女"——群鼠中，放鞭炮的有之，抬箱子的有之，吹喇叭的有之，筛锣的有之，扛旗的有之。鼠小姐半掀盖头朝外偷望，露出半个娇羞的脸蛋。那盖头虽然只有玉米粒大小，但龙凤呈祥的图案却描绘得精致。三十几只老鼠只占了巴掌大一块地，该是精品中的极品了。

唐大师另一得意之作是"知县夫人"。

涞阳知县姓崔，山东蓬莱人，刚二十多岁。崔知县到涞阳第二年，夫人难产，大人孩子皆死。知县和夫人青梅竹马，感情甚笃，自然痛苦万分。为解除思念之苦，他请唐拓为亡妻捏制一像。唐大师用了三天三夜的时间完成了这一作品，那塑像和真人一样高，给它穿上衣服，真如活人一般。知县一见，一把抱住"夫人"，泪雨滂沱。崔知县把"夫人"搬回县衙，自此后，便每日和那泥人待在一起，整天一副失魂落魄的样子。一年后，崔知县续了弦。新夫人是位年轻貌美的大家闺秀，但崔知县有那泥人，很不把新夫人放在心里，婚后数月竟不同床。新夫人忍无可忍，便把那泥人毁了。知县见了摔碎的泥人，怒火中烧。新夫人却端坐在太师椅上，缓缓地对知县说："老爷，人不能总生活在回忆中，这样只能加重你的痛苦。"知县没了那份寄托，开始淡化对亡妻的思念。没多久，新夫人怀孕，第二年生了个大胖小子。此事，乍一听似乎在说那泥人的不好，但细一琢磨，新夫人为何毁那泥人？还不是因为那泥人太逼真，就不由得让人叹出那泥人的精妙。

这一年，段大帅从北京来到了涞阳。段大帅是来视察他的十三镇的。"镇"是清朝军队的一级建制，相当于现在的师级，镇的长官叫统制。十三镇到涞阳驻防已经一个月。段大帅这次来还带来了他的小妾。这小妾名叫彩儿，是个戏子，大帅新讨的，正当宝贝疙瘩，走到哪儿带到哪儿。段大帅检阅了部队，训了话，晚上参加了将官们为他举办的接风宴。酒足饭饱后，在众人簇拥下进了戏园子。那晚的戏是武戏，很精彩。段大帅和彩儿看得兴高采烈。戏散了，彩儿挽着大帅的胳膊往外走，众将官也随了他们往外走，就在这时，忽听彩儿惊叫一声，说刚才有人摸她的屁股。

段大帅大怒，但这事好说不好听，在大庭广众之下不好发作，便狠狠"剜"了统制一眼。统制吓坏了，战战兢兢地说："卑职一定查出元凶，严肃处置。"段大帅哄了彩儿几句，气冲冲回了驿馆。

一回到营房，统制便把所有看戏的将官们集合在一起，查找元凶。统制叉腰瞪眼，连问几个"谁谁谁"，无人承认。统制便挨个扇嘴巴，说要扇到有人承认为止。可手掌扇

生命的绝唱

肿了,仍无人承认。统制颓丧地坐到椅子上。

天明,统制找大帅报告,请求再宽限一天,晚上一定给他一个交代。大帅点了头。

当天晚上,统制来请大帅,说:"大帅,卑职要处置那件事情,本想带手下来您这里,但又怕冲撞了内眷,还是请大人去军营为好。"大帅"哼"一声,带上护兵去了。

段大帅进了营帐,三十几名将官一起敬礼。帐内烛光昏暗,将官们的脸上写满恐惧。统制请大帅坐好,立正报告说:"禀大帅,卑职无能,未能找出元凶,卑职只好这样!"他转身朝手下们挨个看一眼,连叫四个人的名字,四名将官立马出队站成一排。统制说:"那天你们四个离大帅和夫人最近,即便不是你们,但也有护驾不力失职之罪,罪不应恕。"他大喝一声:"自斩一手——"四名将官抽出腰刀,"喳喳"几声,四只血手应声落地。段大帅惊得腾地站起。统制说:"莫惊着大帅。"事情到这种程度,大帅也就不好再说什么,他稳定了一下情绪,说:"这事就到这吧。"说完,走出了营帐。

送走了大帅,众人又回到营帐,统制说:"恩公,请现身吧!"唐拓从幕后走了出来,捋一下胡须,捡起一只血乎乎的泥手,点点头,又摇摇头,说:"这泥巴确实质量上乘,没摔碎,只是这猪血有点艳,显假。"

不错,这几只假手正是唐拓应统制之请求而捏制的,假手绑在左臂上,外裹一包猪血,手起刀落,泥手喷血落地。也只有唐大师才会有这样的杰作。

统制和众将官一起朝唐拓躬身拜了下去。

段大帅回到驿馆,没敢告诉彩儿刚才发生的一切,怕吓着她,只是轻描淡写地说:"这事就别提了。"彩儿却撒着娇告诉他,说压根就没人摸她屁股,还说谁敢摸大帅夫人的屁股呢!她这样做是为了试试大帅对她上不上心。大帅一听,想起那几只断手,"啪"地给了她个嘴巴子,彩儿"哇"地哭了。段大帅慌了神,便又心疼地搂住哄她说:"莫哭莫哭……怪我怪我,不就是几只手吗!"

大帅对那一巴掌很后悔。

生命的绝唱

徐记骨头馆

徐记骨头馆位于县城西北角并不太繁华的街道上。面积不大,只三间土坯门脸房。墙皮有的地方已经脱落,墙体挺胸凹肚,有些变形。由于房子矮,门自然显得也矮,人进门自然不自然就想低头,进门就"低头",这样当然对客人显得不恭,但你进门抬眼就看见一个木制屏风,屏风上绘制的图案不是迎客松之类的山水花鸟,而是一尊观世音菩萨。见菩萨低头,如同行礼。拜菩萨自然有好报,所以客人心里很舒服。

既然称骨头馆,主打菜当然是肉骨头。徐记骨头菜主要是羊骨和猪骨,种类有棒骨、腔骨、排骨、猪尾巴,还有拆股肉。做法含炒、炖、煮、炸。但主要还是炖,炖骨头的汤是老汤,已传了数十年,味道独特。徐记老板叫徐实,六十来岁,店里除了他,还有儿子和儿媳,没雇外人,算是"家班将"。徐实站柜台"捂钱匣子",儿子小徐掌勺,儿媳跑堂。管理得井井有条。

在众多的骨头菜中,最受欢迎的要属拆骨肉。拆骨肉贴骨而生,骨肉纤维细嫩松软,丝缕较长,间或夹有脂肪,具有特殊的香气。徐老板会做青椒拆骨肉、油豆腐拆骨肉、荷包蛋拆骨肉。骨头煮到七成熟,就要从汤里捞出来,把肉从骨头上撕下来,再回锅炒制。但一般人吃饭没那么多讲究,一般就吃凉拌的。这就要把骨头煮到透熟,剥肉直接放盘里,拍上大蒜就着吃,味道清爽鲜美。徐记骨头称得上溧阳美食一绝。所以,虽然地方偏僻,但小店生意兴隆,每天座无虚席。

徐记生意好,除了骨头做得好,还有一个重要原因是干净得出名。店内并不设雅间,堂屋一溜整齐地摆放了六张八仙桌。整日擦得水亮,连桌面下面也是干干净净的。地扫得如同风吹过一般干净,掉根头发很轻易就能找到。徐实一家虽然都是粗布衣服,但洗得一尘不染,特别是小徐,系白布围裙,身上很难找到一个污点。徐实有两个孙子,双胞胎,五六岁,从小就乖巧懂事,很少到前堂,只在后院玩耍。有时憋不住了想往人多的前堂跑,临进门小哥俩便互相望望对方的鼻子,看有没有鼻涕,如有,擦净了才敢进来。后院凉绳上总是晒着新洗的衣服,好像他们家每天都洗衣服,这无形中就为他们的干净整洁起到了一个很好的广告作用。每天晾晒的不光是衣服,还有布幌。徐记骨头馆没牌子,只挂幌子,徐记布幌也讲究,是能升降的那种,如同今天单位里挂的国旗。这样主要是为了洗刷方便。别人的幌子往往挂上

生命的绝唱

就没摘下过,直到风吹雨淋坏了再换新的。徐记的幌子有两个,一盏白底红边,一盏白底蓝边,每十几天就换洗一次,轮着挂。这也成了徐记的一大特点。

这一天,段大帅带着他的小妾彩儿来吃拆骨肉。彩儿有洁癖,对饭馆很挑剔。侍从们听说徐记骨头美味一绝,而且干净,便给彩儿推荐。

段大帅到徐记骨头馆的时候已是正午,店里正上座。段大帅器宇轩昂,眉宇间露出霸气。彩儿花枝招展,满嘴"京片子"。二人一进小店,便粘下了众人的眼珠子。徐实徐老板见来了贵客,忙笑脸相迎。彩儿见小店如此整洁干净,很高兴,看着墙上"粉板",一连点了八道大菜。段大帅一连啃了三根大棒骨。边吃边举着骨头虚让其他食客:"各位来来来,一起吃。"彩儿吃得文雅,她最爱吃那盘"蒜拌拆骨肉",一小口一小口地夹,频频往小嘴里送,那一盘拆骨肉几乎全填到了她肚子里。

饭毕,彩儿内急,到后院上厕所。事毕,彩儿整理衣衫,不经意扭头一望,见两个五六岁的小孩子蹲在厨房前鼓捣什么活计。彩儿定睛观瞧——

大概是那天客人多忙乎不过来,徐家那对双胞胎小男孩在帮爹妈拆骨头。他们面前各摆放了一个盘子,小哥俩那白白净净的小手拿着大骨棒,使劲地撕着骨头上的肉,实在撕不下来,就用嘴咬,咬下一块便吐到盘子里,咬下一块再吐到盘子里……

彩儿从那以后,只要见到肉骨头,便呕吐不止,后来

社会万花筒之中国微小说系列丛书

不光见到肉骨头吐,见着带荤腥的都吐。回京半月不见好。段大帅连请了三个名医,都治不好。彩儿日渐消瘦下去。最后,段大帅请到了翟神医。翟神医号称京城第一神医,人说他半医半仙。翟神医云游四海,段大帅好不容易找到他。翟神医给彩儿把了脉,问了病因。忽然捋须笑了,站起身一抱拳,说:"恭喜大帅,夫人有喜了,这是闹反应。"段大帅不信,说:"如是喜脉,以前那三位怎么把不出?"翟神医一笑说:"原先夫人呕吐许是厌食反应,不过现在闹反应,夫人确是因为怀了身子。"彩儿这时候小嘴早张得溜圆。她早巴望着给大帅生个"龙种",可跟了段大帅半年了也没怀上。现在听翟神医一说不禁喜出望外,连问几个:"是真的么?"翟神医连连点头,又伏在段大帅耳边低语几句,然后叫彩儿闭上眼睛。彩儿闭了眼,翟神医缓缓地说:"夫人过去一直未孕,原因就是喜吃拆骨肉。拆骨肉、拆骨肉,骨肉拆散,哪来子女?好在夫人吃了那沾了口水的拆骨肉。那肉是从两个孩子嘴里吐出来的,嘴,口也,口是什么?"翟神医用手指在空中比画了个"口"字,"口也,四堵墙围起来的,拆散的骨肉用墙围起来,自然就跑不掉了,所以夫人便有了喜。"

彩儿闭着眼睛,如听仙乐。段大帅连连搓手,连喊"妙妙妙"。这时候神医说:"夫人请睁开眼。"彩儿睁开眼,只见眼前一位仆人端了一盘肉骨头呈到她面前。彩儿见了那肉骨头,忽然增加了某种亲切感,竟没了那呕吐的反应……

段大帅大喜,给翟神医码了一摞大洋,又乘兴挥毫写下

生命的绝唱

"徐记骨头馆"几个大字，命人刻成匾额送给徐实。翟神医望着这一切，微笑不语。

一月后，彩儿并没怀孕。段大帅问责翟神医，但神医早又云游去了。段大帅想了想，终有所悟，无奈地苦笑一下。

甭管该不该，那匾就一直挂在徐记骨头馆门额上。后来店没了，但那匾至今还在。

社会万花筒之中国微小说系列丛书

张记杂货铺

早些年的涞阳城，属"角儿"大街最繁华，人头攒动，车水马龙，商贾云集，店铺林立，就好似谁把热热闹闹的上海滩切了一块搬这儿了。

这里的店铺，门脸装修得一个比一个好，到了晚上，茶楼酒肆灯火通明，把整条大街照得影影绰绰的。张记杂货铺也在这条街上，只有两间平房，门窄窗小，墙破瓦旧，里面黑黢黢的。在众多的店铺中如鸡立鹤群。

张记杂货铺门脸小，但货全，针头线脑，布匹鞋袜，点心糖果，香烟米醋，首饰珠花，香粉胭脂，应有尽有。每天来的顾客络绎不绝。"张记"生意一直不错。

其实"张记"生意好的原因并不光是货好货全，还有一个原因就是老板嘴好。做买卖开店铺，除了童叟无欺货真价实外，若掌柜的再左右逢源能说会道，那买卖想不火都不行。"张记"老板叫张好嘴，"好嘴"是绰号，大家就都叫

生命的绝唱

他张好嘴,至于真名叫什么人们反而不记得了。张好嘴长得胖胖的,眼小唇薄,见人不笑不开口,不带甜味不说话。任凭什么样的顾客都能被他哄转,让人有一种不买点东西就对不起他的感觉。

张好嘴最擅长的是编顺口溜,而且是现场发挥。他自知铺子小,就说:"别看咱的铺子小,里面宝贝可不少,龙王爷爷从这过,也要进来瞧一瞧。"有顾客舍不得花钱给孩子买糖果,孩子哭闹,张好嘴就说:"孩子就得好好宠,将来一准当总统。"当妈妈的听了高兴,赶快给"总统"掏钱买。张好嘴更会来事。糖果装进秤盘一称,那秤杆子一准高高地撅起小屁股,末了还要搭上一块糖,亲自剥开糖纸送到孩子嘴里,隔着柜台摸一下孩子的头:"我给总统剥块糖,总统赏我吃皇粮。"

嘴好围人,和气生财啊!

来"张记"的顾客好多都是熟人,买完东西付钱,张好嘴往往会虚一句:"拿走吧,还要什么钱。"顾客当然知道这是客气话,一般也会客气地说:"不给钱哪行,也不是自家地里种的。"这样的话,每天说无数遍,就说成了习惯。后来即便不是熟人,偶尔也说上一句。

就因为这句客套话,张好嘴差点出了事。

那天,段大帅的小妾彩儿带着下人进了"张记"。

张好嘴见彩儿穿戴光鲜讲究,身后还有跟班的,就知道来了贵客,忙热情招呼。彩儿被一只凤头银簪子吸引住了。张好嘴赶忙拿过来恭恭敬敬地摆到柜台上请她过目,彩儿拿起来看了看说:"这花样可真是好看,在京城都见不到呢。"对下人说,"拿上,回京让人照这个给我打一个金的。"下人喊声"是"。彩儿转身走了。下人问:"几个子儿?"张好嘴说:"一个大洋。"下人掏钱。这时候张好嘴那句客气话就又来了:"拿着吧,还要什么钱?"

那下人也许占便宜惯了,见坡下驴,把钱又装起来了。这时候张好嘴却急了,不好意思地搓着手说:"您看您看,我也就这么说说。"下人一下子翻了脸:"玩嘴皮子,你老小子找抽啊!说的话咋还能舔回去。"说着掏出一个大洋"啪"地拍到柜台上,说:"明儿我就砸了你的店。"

俩人走后,张好嘴一打听,才知道那贵客是段大帅的女人,吓懵了。

那下人也真是较劲,第二天果真就带几个兵痞来砸摊子。几个人气势汹汹地朝"张记"走,老远就见张好嘴站在门口嚷嚷,周围围了一大群人。几个人走近,把张好嘴的话听了个真切。

张好嘴瞥了一眼几个兵,提高嗓音说:"老少爷们,今天俺要为一个人扬名,这人就是段大帅段青天啊!人家大帅的家眷来我小店,那是给我脸啊,人家买我个破簪子,那不是抬举我么?我能要钱?可段夫人和大帅一样,也是爱民如子,秋毫不犯。人不干,非得给。"说着手中捏着一个"袁大头"扬扬,"我老张活这么大,还从没见过这么好的人啊!"说着说着,张好嘴掏出一个竹板,"呱嗒呱嗒"打起来——

生命的绝唱

  大帅威武镇乾坤
  秋毫不犯爱小民
  家眷惠顾我小店
  蓬荜生辉飘彩云
  ……

  仗着嘴好，张记杂货铺兴盛了三十年，直到抗战时期毁于战火。

佟记火锅店

佟记火锅店是当时涞阳城第一家火锅店。位于最繁华的角儿大街。一溜八间临街青砖瓦房。房前铸一座黄铜打制的特大号火锅。那铜锅重有一吨,一人半高,五个人合抱手勉强搭拢。整日擦洗得锃亮溜光,算是店标,也是涞阳城一景。那时候玻璃还很金贵,佟记火锅店是第一个安玻璃窗的店铺,据小城老一辈人回忆说,"佟记"的老板叫佟大成。佟老板安玻璃窗的时候如同举办一项盛大的庆祝活动,敲锣打鼓放鞭炮,引逗得一街筒子人围观。有了玻璃窗,屋子亮堂是好事,不过很快就带来了麻烦。由于从外边大街能看到屋里,客人吃饭时,常引来乞丐凑近窗户看,客人见到那些脏兮兮的脸,自然不高兴,佟老板只得每天派人在门前守候专门驱散窥视的乞丐。佟老板为此还苦恼了一阵子,直到后来安玻璃窗的店铺多了,这种情况才有所改变。

佟老板原先做皮货生意。挣了本钱,开了这家火锅店。

生命的绝唱

火锅店主要经营涮羊肉。一般好的涮羊肉都有特点：或是汤料好，或是肉质好，或是作料好。其实有"一好"就行，但佟记涮肉"三好"占齐，就粘住了人。羊的品种并不特殊，均是本地羊，但均是羊羔，先买来养些时日，这期间喂以花椒水，所以佟记羊肉不仅鲜嫩，味道还有花椒的香味，很特别。至于佟记的作料和汤料就更是鲜美，吃起来有一种奇特的味道，很香，吃一次让你想下一次。就有人怀疑里面放了大烟壳，但没人好意思问。

"佟记"生意极是兴隆。

这时候，佟老板不顾大太太的强烈反对，开始纳妾。

佟老板新娶的小妾姓冯，乳名大丫。大丫过了门，却不想过养尊处优的日子，一心要帮丈夫打点生意。大丫说："憋在屋里，处处看大太太的冷脸子。大太太从不到店里去。到了店里俺就是主人。"

二姨太大丫天生是个做生意的材料，也能吃苦。起早贪黑紧忙乎，把个火锅店打理得井井有条。有她这一张罗，佟老板省了心，便不问店里事，整天提笼架鸟。

没多久，佟老板不顾大太太和大丫的共同强烈反对，又娶了三姨太。

三姨太原本没什么野心，嫁到佟家为的是吃喝不愁。但经不起娘家人的撺掇：手中有粮，心中不慌。佟家人就得管佟家事。不捂"钱匣子"，到老你连个棺材本都捞不着。三姨太越想越怕，于是开始掺和店里的事。

三姨太一来，自然就打破了二姨太一人说了算的局面。

49

社会万花筒之中国微小说系列丛书

二姨太打主意,三姨太也要打主意。马勺碰锅沿,就闹出了意见。比如,原来羊肉卷是一层层平铺码放在盘中的,但三姨太提出来要立戳着放,说这样美观。谁说的话狠伙计就听谁的,于是平铺的立戳的都有。不过客人却有了意见,只当是两种码肉的方法不同,肉量也不同。有客人为此酒醉还掀了桌子。再比如,西街何老爷定了一雅间,但迟迟不来,三姨太要把这间房让给别人,二姨太担心如果何老爷一旦来了不好交代,硬是不答应,就只有留着。结果何老爷真的没来,那桌子就干闲了。三姨太占了理,嘟囔老二有钱不挣是个败家子。老二憋火,叉腰还嘴,算盘珠子摔了一地……

佟老板没想到事情会这么严重,忙回院救火,削了两个姨太太的权,重新站在了柜台前。这时候两个女人开始团结一致对付他,没多久就把佟老板挤兑得主动交了枪……

折腾来折腾去,生意大不如前。

没多久,四姨太迈进了佟记火锅店的门。

也就在这一天,城北街又新开张了一家"曹记火锅店"。老板是个外乡人。

四姨太是个戏子。戏唱得好,长得更好,人也精明,很讨佟老板的欢心。把佟老板哄得五迷三道的。

四姨太新派,下过天津卫进过上海滩。四姨太对佟老板说:"老爷的店之所以生意好是因为您占了个涞阳第一,现在'曹记'一开,咱不再独家经营,所以生意就走下坡路。咱得争第一,现在涞阳城有洋教堂了,但还没人搞西餐,咱不如开个'自助'西餐馆,赚老毛子二毛子的钱。"

生命的绝唱

二姨太和三姨太当然不同意，这回二人站在一起共同对付四姨太。

二姨太说："狗屁西餐，洋鬼子吃的玩意儿。"

三姨太说："狗屁自助，不就是不管肚皮大小随便吃么。"

佟老爷不知听谁的好了。

这时候，一向不管闲事的大太太出马了。大太太耷拉着眼皮说："老爷，她们说的都有理。取中，还开火锅店，不过可以改成'自助'"。

选了个好日子，佟记火锅店的牌匾换成了佟记自助火锅店。只是开张第一天，就撑死了一个来"自助"的客人。

佟老板这下惹上了官司，被带到了警察局。几个姨太太也一同被抓走了。但调查来调查去，觉得佟老板并没有杀人的动机。因为死的那个人是个乞丐。大街上好多叫花子都认识他。只是那天他换了件干净的衣裳，脸也洗得干净，一开始人们没认出来。当然，如果不这样打扮，伙计自然也不会让一个脏兮兮的乞丐进店吃饭。一个乞丐能和佟老板有什么过节，值得佟老板去害他？这时候佟家又一个劲使钱。佟老板一家才被放了出来。

经这么一折腾，佟老板的生意彻底垮了。为救人，几乎倾家荡产。

最终，佟老板决定把火锅店盘出去。曹记火锅店托人捎话，愿买。佟老板听价码可以，点头。交易地点就定在了曹记火锅店。一大早，曹家派马车来接。到店门口，见曹老板

社会万花筒之中国微小说系列丛书

已经站在门口迎接。佟老板进了屋。见屋中摆了一张长方形书案，三个人早已落座等待。见佟老板进来，忙起身打拱。佟老板也蔫蔫地作了个揖，朝曹老板说："不想多说了，我们签字画押吧。"曹老板笑了，说："佟老板错了，我不是真正的老板。"回头说一声："少爷，请出来吧。"话音一落，门帘一挑，一个十四五岁的英俊少年从内室走了出来。少年很老成地朝佟老板一拱手："问候佟老板佟伯伯。"说罢撩起衣襟端坐桌前。佟老板丈二了和尚。少年笑笑，露出两颗小虎牙，不紧不慢地说："三个女人一台戏，男人怕吹枕头风，所以我们曹家有家规，男人娶妻纳妾后是不允许做掌柜的。"说罢，很潇洒地在纸上签上了自己的大名。

佟老板呆若木鸡。

佟老板腾云驾雾般走出曹记火锅店，边走边使劲拨拉脑袋瓜子。他终于想明白了一个道理。不过有一件事他始终想不明白：那乞丐的死果真是个意外？乞丐的饭钱是从哪里来的？还有他的干净衣裳？

佟老板打了个寒战。

神仙师徒

　　王神仙是人们对王郎中的尊称。王神仙医术高得没法再高，如神仙在世，甭管什么样的病人，只需到他摊前来上一次，吃上他把关开的三服药一准见好。于是人们便直呼其为"神仙"。人这一能耐，脾气就各色，王神仙也不怕树大招风，就干脆写了个"一面之缘"的招牌摆在摊位前。派大拿人，王神仙看病的水平还真不是一般俗人能比的。

　　王神仙本是个游方郎中，带着徒儿四海为家，但到了涞阳后，大概是年岁大了，不想再"游"，或者觉得涞阳这方水土养人，于是就"定"在了涞阳坐诊。

　　王神仙和他的徒儿到涞阳的时候已经六十出头，王神仙身瘦衣长，戴一顶黑缎子瓜皮小帽，鼻梁架一黑边眼镜，清清矍矍，清清爽爽，颇有些仙风道骨。王神仙的徒儿十五六岁的样子，门儿头苹果脸，后脑勺甩一小辫，见人就笑，一笑俩虎牙，端的是玲珑可爱。

社会万花筒之中国微小说系列丛书

王神仙师徒的摊位摆在角儿大街。王神仙轻摇纸扇桌前静坐，小徒弟垂手一侧侍立。那个"一面之缘"的幌子就绑在桌腿上。

也就俩月，王神仙便声名鹊起。求医问药的排起了长队。

病家来了，王神仙低一下头，目光从眼镜上面瞄过来，只说一个字："来"，便伸出一根手指头。病家会意，把手腕子伸出来，王神仙把那根手指头搭在病家的手腕上。王神仙把脉只用一根手指头，那指头劲头忽大忽小，在手腕子上来回移动。不出几秒，松开手，却不急着开方子，说一句："兔儿（这时候人们才知道小徒弟叫兔儿），来试试。"说罢往椅子上一靠，纸扇半开半合，半扇半停，眼睛似闭非闭，似醒非醒。兔儿喜上眉梢，兴奋上前，先是朝病家鞠个躬，病家成全他，再次伸出胳膊。兔儿就半弯着腰站着，伸出几根指头搭住脉搏，忽而歪头忽而皱眉忽而转动眼珠，好一会儿，松手，扭头小心翼翼地叫声"师傅"，王神仙头稍微晃一下，从嗓子眼里飘出一声"嗯"，兔儿便拿起笔开方子，写几笔停一下想一会儿，写几笔再停一下再想一会儿。写罢，把方子双手托举到师傅眼前，诚惶诚恐地说声："师傅请过目。"王神仙撩开眼皮，扫视一眼，再从嗓子眼里飘出一声"嗯"，算是过了。兔儿把方子双手递给病家，收完诊金，便又规规矩矩站到一侧。有时候兔儿开完方子，让师傅过目，王神仙却懒得看一眼，说"念"，徒儿便念，念完，师傅也会很生气地说一句"加味连翘"或者"黄连呢，

生命的绝唱

怎么又丢了?"兔儿诺诺,忙提笔加上。也有难伺候的病家,不想让徒弟练手艺,老郎中就只把脉不给开方子。能耐人的规矩,不是随便哪个人能破的。

派大拿人,也唬人,大概就在这时候,人们开始把老郎中唤作王神仙。

不过,还真有人就破了王神仙让徒弟练手艺的规矩。

谁啊?袁世凯。

这一年,直隶总督袁世凯巡视涞阳。赶巧那天袁大人路上染了风寒,发起了高烧。涞阳县令忙找郎中诊治。王神仙师徒被请到县衙。王神仙虽说是个"神仙",但听说给总督治病,也着实有点紧张。

师徒二人被县令引着小心翼翼走进卧室。袁世凯正在暖床上斜躺着,身上捂了三层棉被,只把个大脑袋露在外边。县令小心问候,袁世凯"嗯"一声,县令示意看病。王神仙轻手轻脚坐下,一指搭住袁世凯的手腕子。袁大总督大概觉出一根指头把脉新奇,睁开眼瞄一眼王神仙。王神仙手一颤,忙又把手松开,示意兔儿上前。兔儿初生牛犊,伸手就把指头搭在袁世凯手腕上,袁世凯却喝一声:"干吗?小娃娃要用我练手艺吗?"县令一哆嗦,忙喊"大人恕罪"。袁世凯把脑袋缩进被窝不再说话。县令忙示意王神仙随自己出去。师徒二人跟着县令来到院中。县令擦擦脑门上的汗压低声音朝王神仙呵斥:"总督大人的贵体,是可以练手艺的吗?大人到底什么病?"谁知王神仙扑通跪下了:"大人,小人不会……不会看病。"县令丈二了和尚。王神仙战战兢

55

兢地说:"真正的郎中是我们家小主人。"说着一指兔儿。县令依旧找不到北,看一眼兔儿。兔儿很老成地作个揖:"大老爷容禀,我是郎中,只因我人小难服众,所以才雇了个老大爷做'托儿'。"县令惊讶万分,歪着脑袋想了下,说:"你们一真一假,如何做得天衣无缝?"兔儿俏皮地吐下舌头:"我们有暗号,开好方子请老爷爷过目时,我伸食指,说明缺'连翘',伸小拇指则是少'黄连'……"县令这才恍出个大悟,旋又恼了脸:"大人的病如何诊治?"兔儿一挥手:"不用把脉,只望其面闻其声便知大老爷只不过是受了点风寒,只需按伤风感冒抓药即可。"

师徒俩衙露馅,王神仙再不好意思当"神仙"了。转天,兔儿便一人出摊。

兔儿学着王神仙的样子正襟危坐摊前,很快便围了一圈人,兔儿眉开眼笑。想不到人们却指着他说:"娃娃也会看病吗?"话音未落便是一阵哄笑。笑声散去,又一拨人围过来看稀罕,就又是一阵笑。

晾了半天鱼干儿,兔儿蔫头耷脑地回了家。一老一少脸对脸看了好半天。

没办法,第二天,王神仙又"活"了。

画　缘

侯天齐，涞阳人，自幼师从一高僧学画，尤其人物肖像学得火候老到，堪称一流。民国十三年，迫于生计，来县城摆一画摊，专给人画像。

那时候，涞阳是很少有人见过开麦拉（照相机）的，更别说有谁开家照相馆，这便成全了侯天齐的买卖，况且他的画技又好，每天来画像的人便络绎不绝。

摊不大，一桌两椅外加笔墨纸砚。侯天齐大部分时间是坐摊，客人来了，侯天齐便恭恭敬敬地请人坐好，只需望上客人一眼，便细心用炭条打好底子，而后凝神握笔，不一会儿，便画好。那画像与本人一比，就活脱脱一个模子刻出来的。

偶尔也出摊，也就是被客人请去家里作画，那大概就是哪家的大小姐想画像却又不好意思抛头露面，或是哪家有老人卧床快要作古，画张像给后人留个纪念。

社会万花筒之中国微小说系列丛书

这天,侯天齐刚支好摊子,便被一梳大辫子的姑娘邀请为她家太太画像。

侯天齐随着姑娘往城西方向走,快要出城的时候,便见一青砖小院。迈进院,眼前横了一派翠竹,被风一吹,飒飒作响,很是令人觉得清爽。侯天齐被姑娘让进了客厅。客厅幽雅,墙上挂了几幅字画,中间是一张紫檀圆桌,上面摆放着精细瓷制茶具,桌下面围了几把梅花式洋漆小凳。厅角一几,上摆一盆伞状海棠。客厅旁有一小门,关着,有帐幔软垂,微一抖动,便有一股幽香袭来。姑娘请侯天齐坐等,然后去请她家太太。

工夫不大,便有一阵咳声,接着,帐幔轻挑,姑娘陪她的太太从内室走出来。侯天齐望这太太,见她也只有二十来岁的样子,如新月清辉,一张脸秀丽绝俗,只是腮点浅褐,两片薄薄的嘴唇如憔悴的樱桃,柔柔弱弱,一副病恹恹的样子,叫人心生可怜。侯天齐轻声问道:"太太,可要画像?"太太点点头:"我请侯先生来给我画二十张像,从我一岁画起,每岁一张,一直到现在。"侯天齐就一愣。这时,太太一阵咳:"先生能画吗?"侯天齐正不知如何回答,姑娘却扶了太太说:"太太,我跟侯先生说,您回去歇着。"

姑娘扶太太回了内室,只剩下侯天齐独自发呆。姑娘回来后,脸上便多了一层忧郁。侯天齐问:"太太有病?"姑娘点点头,接着给侯天齐道出这太太的来历。

原来这太太姓陆名莹莹,父母早亡,随舅父长大,曾是

生命的绝唱

省城女子师范学校的学生。因为长相俊，被直系军阀吴佩孚手下的麻子刘师长看中，强行占为己有。当时，直皖大战，麻子刘带兵打仗，身无定所，陆莹莹也跟着他颠簸，谁知没半年，她竟染了痨病，病情日益加剧。路过涞阳时，麻子刘便买了这处宅院，留下些钱，将陆莹莹抛在了这偏远小城。

"一个柔弱女子，孤苦伶仃，本来想着回去找她的舅父，可这兵荒马乱的，再加上这身子骨儿……恐怕……要客死他乡了。"姑娘眼圈一红，"太太觉得自己没多少日子了，便总想些过去作姑娘时的好时光，睡了便哭，醒了也哭……今天是她的生日，整整二十岁了，一门心思地想着她过去的模样……"

"那是为何？"侯天齐鼻子一酸，接着又自言自语，"大概是一个快要离世的人，对人生的追忆和最后一点留恋吧！"

"可难画？"姑娘问。

侯天齐说："可有太太早年的照片或画像？"

姑娘摇摇头："没有。"

侯天齐说："这就难了。我又不知你家太太原先是个什么模样。"

姑娘面露恳切："可太太说，您能画的。"侯天齐内心一凛。这女子的境遇，早已使他心痛，如今这可怜的人将人生最后一点希望托付给他，更叫他感动不已。侯天齐硬生生接了这活儿。

侯天齐立马作画。他双目微闭，眼前便开始跳跃陆莹莹的影子。他哈下身子，凝神静气，握笔在腕，指尖便有了丝丝热流，画笔也似长了灵气。只一会儿，陆莹莹第一张二十岁的生日画像便完成。接着便是十九岁，十九岁那年，她痨病初染，定是没有这般憔悴羸弱了……接着便是十八岁，这是少女最美丽的时候，自然是出水芙蓉一般了……十七岁、十六岁则是一个少女由稚嫩渐近成熟的过渡时期……侯天齐想象着太太每一岁的模样，此时他的心中已是充满了灵性。他想，不管如何变化，但这柳叶眉、杏核眼，人的五官是无论如何不会变样的。天渐黑，掌了灯，侯天齐的影子映到墙上，孤零零多了层怪异。此时的侯天齐是将全部的灵感和技艺融为一体的，人与画达到了物我两忘的境地。十岁……八岁……一张、两张，他将全部的精力凝聚于此，与这女人一起一岁岁度着时光。当二十张画像一气呵成的时候，侯天齐内心便似与这女人结成了百年情缘。

二十张画像依年龄排了一地，侯天齐执灯望去，孩提的天真、童年的欢乐、少女的娇羞，阳光与黑暗、幸福与痛苦，活鲜鲜地呈现在眼前。此时的侯天齐早已是潸然泪下。扭头望去，陆莹莹已独自从内室走出，凝视侯天齐，竟泪眼婆娑。侯天齐便引了她的手一幅幅看去，而后对她说："我要娶你为妻。"

侯天齐携了妻子陆莹莹回到老家山村。他对妻子百般呵护，又遍请世间名医，采集天下百草，以求治愈妻子病症，均无济于事，半年后，陆莹莹病逝。

侯天齐将妻子和她的二十张画像一起葬了。自此便

生命的绝唱

闭门谢客，变得痴呆一般，终因思念妻子成疾，且日渐枯槁。他不再与人作画，只在每年妻子生日那天才为她作一幅画像，依旧是一岁一画，而后选落日时分在妻子坟前烧了。二十一岁、二十二岁、二十三岁，三岁三画，陆莹莹二十四岁生日那天，侯天齐抖抖铺开纸，想象着亡妻的模样开始作画，然而就在这幅画只差几笔便可完成的时候，侯天齐扑在了画案上……

这幅未完成的画像一直传到现在，侯氏家族的后人视之为珍宝，有些后人曾试图请画坛名家高手添上最后几笔，但这些大师们仔细审视后无不摇头，说："不敢不敢，即使补上了……也是形似神不似啊！"

月舟图

自涞阳县城西行三十余里，有一釜山，传说为"黄帝与诸侯合符处"。山上一寺，名唤灵泉。这灵泉寺很有些历史，清乾隆年间，丹青高手念慈大师曾在此做住持。

念慈自幼聪慧，对绘画无师自通，全凭个人刻苦磨炼终成大器。山水花草、人虫鸟兽，无所不精。一次，他应邀为新落成的"天墨池"书院画影壁，但见他执笔在手，略一思索，便笔走龙蛇，一气呵成《锦鸡图》。"天墨池"为书香之地，"锦"字即寓学子锦绣前程。图中锦鸡或啄食青苔，或梳毛理翅，或引颈逗晓，或翘足独立……无不活灵活现，惟妙惟肖。正巧，一擎鹰之人路过，也停下来看热闹，鹰见壁上锦鸡，几次掣动擎鹰人的胳膊做欲扑状，众人连呼精妙。

念慈之画被不少人索要收藏。京城"内联升"鞋店曾挂有一幅他的《赤脚大仙》。这"内联升"鞋店做的鞋为皇家御用之物。一皇帝近侍去该店见到这幅画，便重金买下。乾

生命的绝唱

隆帝无意之中看到此画,竟足足欣赏了半个时辰,可见念慈画技之高。

念慈与人为善,但遇求画之人,无论贫富贵贱,只要心诚向善,都尽量满足。但也有特别之处,凡官场之人求画,必答应他两个条件,一是求画人为其研墨,二是只以半幅《月舟图》相送。曾有好几位达官贵人因不愿接受这两个条件而空手离去。

乾隆十一年,涞阳新上任一位名叫安子玉的县令。安知县上任没几天,便慕名来灵泉寺拜见念慈,向其求画。

主客见面后,知县道明来意,念慈说出了他的两个条件。安知县未加思索便说:"学生为大师研墨理所应当。大师即便不提学生也会如此。大师所画不论半幅整幅,都是墨宝。"念慈遂铺开宣纸。安知县则恭恭敬敬在旁侍立研墨。念慈凝神握笔,先是画出一叶小舟,可奇怪的是此舟竟然倒扣。安子玉正自惊奇,念慈就又勾画几缕清波,将小舟淹没。大师放下笔,双手合十:"此一半《月舟图》。"知县仔细审视此画,心中揣摩:河中扣舟即为覆舟,我刚上任,便咒我翻船?念慈见其迟疑,便说:"施主如觉此画对您不敬,老衲便将其焚烧……"念慈刚一伸手,安子玉赶忙止住:"大师墨宝,学生岂敢唐突,但不知大师另半幅画何时才能画?"念慈说:"能否画上,要看施主为政为人如何!"安知县捧画下山,到家后将画悬于书房正中。

这安子玉是个好官。他明察冤狱,惩治恶匪,率民垦荒,兴办教育,当真竭诚为民。上任半年之时,涞阳逢百年

社会万花筒之中国微小说系列丛书

不遇旱灾，庄稼颗粒无收，饥民遍地。安知县上书朝廷请求拨放赈灾银两，在等待赈银之时，他捐献自己的积蓄俸银，又说服县内富绅大户开仓放粮。无奈饥民太多，县内救济只是杯水车薪，饥民便另寻出路。涞阳境内有一大道为贯通京城与山西之咽喉，往来有不少运送粮食的车辆，饥民便跪于大道两旁，乞求过往客商施舍粮食。但遇心肠铁硬不肯施舍之人，便聚众抢劫。为此，安知县治了不少人的罪。不过，安知县深知这些百姓实属"慌不择路"。他也来到大路旁，脱去官服，随饥民一起跪于大道边，又书写一牌置于身旁：涞阳安子玉率民乞求过往恩公施舍。安子玉乃朝廷命官，不着官服不亮官职，以一普通百姓身份跪乞就不存在对朝廷不敬之嫌。来往客商见此情景，觉得新奇，一打听方知堂堂知县为救民于水火而跪乞，都很感动，留下不少粮物。自此，未再发生一起哄抢客商之事，涞阳饥荒也得以缓解。乾隆皇帝得知此事后大为感动，御笔亲书"天道酬勤"，赏赐安子玉以示奖励；百姓则尊呼其为"清廉令"。

　　这一日，安子玉刚处理完公务回到书房，衙役便来报有一僧人求见。安子玉望望那半幅《月舟图》出门迎接。来人正是念慈。他向安子玉深施一礼："老衲为画那半幅画而来。"安子玉赶忙将《月舟图》取下铺于书案。念慈指着画说："老衲雕虫小技，可值得施主劳神猜想？"安子玉答道："百姓是水，官为舟。大师是在告诫学生，水能载舟，亦能覆舟。"念慈一笑："安施主聪慧，老衲曾让施主为我研墨，并非妄自尊大。老衲为僧，但也是涞阳平头百姓。施主肯

生命的绝唱

屈尊为我研墨，可见施主对百姓之尊重，尊重百姓方能爱民如子做清官，老衲愿为清官作画……老衲只以半幅《月舟图》相送，是盼天下为官之人都以'载舟覆舟'自省，那则是天下百姓之造化。施主为政一年，爱民如子，德行有口皆碑，老衲早该为施主画完此画。"安子玉说："大师教诲，终生不忘。学生日日参阅大师墨宝，如同读阅座右铭。"念慈忙说："愧不敢当。"接着取过笔墨，挥毫作画。他先是在水面上画一与覆舟对称之舟，新舟与覆舟模样不差分毫。但较之覆舟墨浓线实。这样，两舟一虚一实、一浓一淡，再看，原先覆舟竟成了新舟水下倒影。随即在水中轻轻点缀几笔，隐隐约约便成了几尾游鱼，又在上方画一月牙后，念慈收笔。安子玉凝聚目光望去，竟自呆了，而后大声喝彩："好一幅《月舟图》！"但见月光皎洁、河水旖旎、轻舟静卧、倒影婆娑、游鱼悠然自得。整幅画面静中有动、高洁雅丽、秀逸空灵，不杂一丝尘俗之气，当真神来之笔。念慈大师欣然说："有安施主这样的父母官，实是百姓造化。涞阳经施主治理，政通人和，百姓安居乐业，此画旨在道出百姓田园生活之悠然安乐，施主见笑了。"说罢，躬身告退。

安子玉恭送念慈后，便将《月舟图》收起，而后从书架上另取出一画悬于那半幅《月舟图》所挂之处。看去，竟还是半幅《月舟图》。其实，这是安子玉临摹念慈大师而作。安子玉也画得一手好丹青，他料到念慈会来将画补上，便提前复制一幅。他想，"水能载舟，亦能覆舟"之教诲还是终生在眼前浮现为好。

社会万花筒之中国微小说系列丛书

儒　匪

　　清朝后期，外夷入侵。世道一乱，盗匪流寇便多。涞阳西部地区山高林密，匪盗更为猖獗。其中梁柯一伙儿，名气最为响亮。

　　梁柯，字临风，涞阳野三坡人氏，文武全才，至于为何沦为匪盗已无法考证。梁柯肚里有货，行为举事爱动脑筋，活儿干得干净利落，很快便成了气候。官府数次对他围剿，均被他逐一化解，梁柯在黑道中闯出了很大威望。

　　虽然是个匪盗，但梁柯全无凶神恶煞之气。他仪表清秀、风流雅俊，举手投足尽显儒家风范。常穿一青衫，拿一纸扇。扇面绘有"梅兰图"，香梅幽兰，秀肌丰骨，为他亲手所画。画旁配有一诗：兰有同心语，梅无媚世妆。字体银钩铁划，也是他的手笔。

　　梁柯是文人，便多少有些文人的癖好。他喜好风月，隔三差五便乔装打扮一番后赴青楼寻乐子。姑娘们见他器

生命的绝唱

宇轩昂，只当是哪家有钱人家的公子，都竭尽所能投其所好。梁柯怜香惜玉，更会哄女人开心。但遇红颜知己，总要作诗称赞这姑娘的美貌。"红楼星月启琼筵，碧玉莲花正妙年""芙蓉为脸玉为肤，遍体凝脂润若酥"都是他乘兴而作。就因这喜好，梁柯得了个"风流儒匪"的雅号。

这几天，梁柯显得焦躁不安。不久前，英法联军火烧圆明园的消息传到涞阳，山寨众匪个个义愤填膺。几位弟兄趁打劫一恶绅之机，顺手点了城西洋人教堂。没想到教堂有准备，洋毛子动用了火器，官兵也闻风助阵。形势危急，众匪逃散，但陆六陆七两位兄弟却负伤落入敌手，被押入县衙大牢。知县姓马，外号马大帽子。此人心狠手辣，一贯鱼肉百姓，梁柯曾劫过他一车运至山东老家的赃银，马知县早就对梁柯一干人恨之入骨。两兄弟落入虎口，如不搭救，必定死路一条。梁柯带人去救，不但人没救出，反倒差点又搭进一条兄弟性命。陆六陆七生命危在旦夕。

梁柯决定绑票，然后"换票"救回两兄弟。这天深夜，几名好手悄然潜入知县家。半夜时分，众匪得手，用麻袋装一人扛到山寨。梁柯命人解开绳子，看清袋中竟是一女人。一匪说："这马老官也太大意，兄弟们不费吹灰之力便背回他的小老婆。"一匪将火把凑近，梁柯望去，见这女人明眸皓齿，艳影鸿翩，大有倾城之色。由于受到惊吓，女人浑身瑟缩，双目惶恐，反倒更显得楚楚动人。梁柯亲自给女人松了绑，而后躬身施礼，说："夫人受惊了！"接着对众匪说："快请夫人进房休息。"众匪哄笑："老大，莫不是要睡这婆娘？"梁柯喝

社会万花筒之中国微小说系列丛书

住:"莫胡说,休玷污了夫人的名节。"

梁柯亲自端了饭食送入房中,对女人说:"夫人莫怕,在下全无伤害夫人之意。"女人惊恐地望他一眼。梁柯又说:"恕在下眼拙,您一定是七夫人?"女人一惊:"你如何知道?"梁柯说:"早听说马知县娶了位才貌俱佳的七夫人,也只有七夫人才会有您这样的容貌。"梁柯始终彬彬有礼,七夫人脸上早已消逝了惶恐之色,又听到梁柯称赞自己的美貌,脸上竟露出了些许欢喜。梁柯说:"观玉颜听清音乃人生两大乐事,不知夫人能否屈尊抚琴一曲,让梁某大饱耳福?"七夫人点点头,梁柯忙取来古筝。七夫人轻舒玉指挑抹拨揉,便有金声四逸,凄凄切切,如泣如诉。一曲弹完,梁柯击掌叫好:"夫人这曲《汉宫秋月》情思悠长,韵味飘逸,使'寂寞梧桐,深院锁清秋'的宫苑画面尽现眼前,令人泪洒衣襟。"七夫人说:"公子如此通晓音律,让小女子好生敬佩。早听说梁公子有胆有识,今日一见,果真名不虚传。"这话令梁柯很是兴奋。

这晚,梁柯与七夫人便在房中弹琴赋词,吟诗弄月。梁柯谈吐洒脱,善解人意,很是令七夫人爱慕不已;七夫人细语莺声,千娇百媚,梁柯也早已心旌摇荡。二人彼此倾心,共沉温柔乡里。不知不觉,天已黎明,梁柯站起身说:"夫人,我已给知县大人下了帖子,如马大人答应换人,夫人今日即可回府。"七夫人黯然伤神,低声说:"今日便与公子别过了吗?"梁柯说:"梁某要为两兄弟考虑。"

日上三竿,陆六陆七两兄弟踉踉跄跄跑回山,二人刚见

生命的绝唱

梁柯便一头扑在地上。梁柯大吃一惊,仔细一看,见两人脸色铁青,显是中毒而亡。一匪搜寻二人尸身,发现一信,梁柯忙拿过来观看——

马某身为朝廷命官,岂能为一贱女人放纵恶匪。今日正告梁氏众匪,尽快投案自首,否则陆氏二匪下场即是众匪来日之结局。

众匪大怒,指着七夫人说:"杀了这贱女人,为两兄弟报仇。"梁柯说:"她已被马老官抛弃,杀她马老官不会心疼。若枉杀一弱女子,传出去反而令人笑话!"众匪茫然。

梁柯散了众匪,进屋后对七夫人说:"夫人在此终究逃脱不了危险。"七夫人哭了,说:"除了公子,小女子终生已无所依。公子何不带小女子一起逃走?我们隐姓埋名,小女子愿一生侍候公子。"梁柯犯了难。七夫人擦擦泪:"你满腹才学,就甘愿一生为匪?"这话戳到了梁柯痛处,他略一思索,便咬牙说:"也罢!我没能救出陆六陆七,使两兄弟丧命,已没脸面再做山寨之主。"七夫人双手端过一杯酒:"我们今夜就走,小女子以此酒为公子壮行。"梁柯接过,手腕一翻酒杯便见了底。

梁柯携着七夫人一路狂奔十余里,七夫人说:"歇歇吧!"梁柯却一头栽倒。这时,四周一片火光,马知县带人围了上来。

知县说:"不入虎穴,焉得虎子。老七,你立了大功。咱这'百步倒'真灵验!"他又一指梁柯,"这情种到底死在'情'字上。"

七夫人说:"老爷,您可许了我五千两银子!"

马大帽子说:"老七,你也是个贱种,恐怕早和这'风流胚子'盖上一条被子了吧?"

七夫人说:"老爷怎么可以这样说?"

知县"呸"一声:"我马某怎么能自己给自己戴'绿帽子'?留你在身边岂不让人耻笑?你倒不如与这'风流种'一道去阴间快活!"

七夫人趴在梁柯身上哭了。

这时,梁柯忽然睁开了眼,一翻身站起来,猛地握住七夫人双手说:"夫人,你可看清了马老官这奸人的用心?夫人只不过是他的一粒棋子。"

七夫人大惊:"你没……死?"

梁柯说:"我若死了,谁来照顾夫人?"

他又对惊呆了的马大帽子说:"我早知事情蹊跷,马大人一向防范严密,我等怎能轻易就绑了七夫人?陆六陆七已死于毒药,梁某岂能不防?"他朝惊魂未定的七夫人说:"夫人给我酒时,双手颤抖,目光游移,可见夫人内心矛盾,舍不得让梁某赴死……梁某今日只听你一言,可否愿与我长相厮守?"

七夫人使劲点点头。

知县嘿嘿一阵冷笑:"果真是'风流儒匪',死到临头,还有心风花雪月!"

梁柯也一声冷笑,然后猛喝一声:"来人——"

话音刚落,身后忽地"呼啦啦"涌出众匪。梁柯一抱拳:"两位兄弟的大仇留给弟兄们报了!"

说罢,抱起七夫人,身形一晃,消失在茫茫夜色之中。

生命的绝唱

情 书

自打民国七年涞阳设立邮局那日起,庄向晚便与老母在局门口为人代写家书。

庄向晚,字弱岩,号远帆。向晚家曾为涞阳大户,庄向晚之父庄泽中过秀才,所以庄家又称得上是书香门第。庄泽与向晚之母青梅竹马,感情甚笃,一生未曾纳妾。闲时,庄泽便教夫人习文断字,所以庄夫人粗通文墨。

庄向晚是独子,母亲生他后便再未开怀,然而可惜的是庄向晚是个聋哑儿。

庄氏夫妇心中凄苦,但夫妻二人很有见地,对儿子细心呵护,一心要让儿子多长些本事,以此弥补人生缺憾。所以从庄向晚三岁起,庄氏夫妇便寻觅饱学之士教授儿子,然而涞阳满腹经纶者不少,但均不懂特教之道,正在夫妇二人一筹莫展之时,一云游僧人来庄家化缘,见向晚聪明伶俐,便自荐为师。此僧在庄家居住数月,凭一套特殊方法对向晚

社会万花筒之中国微小说系列丛书

施教，使其掌握了习文之法，之后，僧人便不辞而别。庄向晚突破了语言障碍，便又拜涞阳几位大儒为师，学业大进，十一二岁便写就一手好文章。据说他十二岁那年曾赋诗八首以赞涞阳八景，一时传为美谈。后此八诗皆收录于《涞阳县志》，传承后世。涞阳百姓皆知"无言才子"庄向晚大名。人们都说，庄向晚要是参加科考，最少也能拿个探花。只可惜，因自身残疾，庄向晚不能科考。庄向晚十六岁那年，父亲庄泽不幸病逝，由此家道中落，无奈，庄向晚与母亲才打出了代写家书的招牌以谋生计。

庄向晚风流俊雅，浑身上下透着一股书卷气。客人到来，须向庄母叙述所写内容，庄母便打着手势给庄向晚翻译，庄向晚看后点头，略一思索，便凝神落笔。向晚写家书就如写文章，无不字斟句酌，讲究神韵和抑扬顿挫。每封家书都是文采飞扬。完毕，由母亲给人读一遍。客人满意了，摸出铜板，庄向晚便双手托起一方洁白手帕恭恭敬敬接了。以白手帕接钱自有其含义，意思是说，虽然我们地位卑微，但这钱却挣得干干净净。

挨邮局南侧，便是城中繁华之地，其中有一天香楼，为青楼。天香楼的花魁名唤姿儿。

这日，姿儿来找庄氏母子写家书。姿儿削肩细腰，腮凝新荔，俊眼修眉，的确倾城国色。庄向晚望她一眼，不禁怦然心动，禁不住再望一眼，姿儿便红了脸。

姿儿来给她的表哥写信，信是情书。姿儿说："世济表哥，你虽有残疾，但表妹不嫌……"

生命的绝唱

姿儿一路说下去，庄母便不停地给向晚打手势，庄向晚不住地点头。接着落笔，便满纸柔情。姿儿隔三差五便来写信，向她的世济表哥倾诉衷肠。后来，熟识了，庄母便与她多了些交谈，才知她是青楼女子。庄母说："你家表哥真有福分，修了你这个知己。"姿儿脸一红："表哥是聋哑人，如同你家公子。"

庄母把姿儿的话打给庄向晚手势，向晚便一脸惊讶。

姿儿说："我家表哥虽有残疾，但风流儒雅，博学多才，非一般凡夫所比。姿儿不幸堕入风尘，淫声荡语充斥耳鼓，倒希望耳边清净。"

这以后，再为姿儿写信，庄向晚便对眼前的女子多了层敬重，笔墨更为流彩飘香。

又一日，姿儿雀跃而至，手中多了一封家书，她兴奋地告诉母子，她的世济表哥回信了，要庄母读给她听。庄向晚和母亲接过信，刚读几行，二人便微微变了脸色。这信竟是表哥给姿儿的绝情书，信写得很委婉，但意思却明了不过——世济表哥说自己虽有残疾，但心怀高远，一生清白，纵然孤身一生，亦不与风尘为伴。

庄母刚要读出声，庄向晚却碰碰她的手臂。庄母便与向晚默默把信读完。庄氏母子很是为姿儿伤心。

庄母望望儿子，庄向晚向她打了个手势，庄母便说："姑娘，你家世济表哥在问……你好，他说他一直惦记你……"姿儿先是惊讶，继而灿烂一笑，高兴地去了。

姿儿一走，庄母便唏嘘不止，庄向晚亦唉声叹气。接着母子二人又犯了愁——骗人总不是办法，如何把真相告诉姿儿。

第二天，庄氏母子便少了精神。这时，一个五六岁的小姑娘为母子送来一信，未等问话，便笑笑扭身走了。

信一打开，便有一股幽香袭来。信的字体娟秀清雅。母子二人认真读下去——

庄公子台鉴：

庄公子高洁俊雅，博学多才，小女子仰慕已久。吾虽无大才，但粗通文墨，让公子代写家书属故意而为。姿儿世上已无亲人，"世济"表哥纯属杜撰。如此做是在让公子知道，聋哑人值得我爱。后吾自撰绝情书让公子及老夫人展读，是在告知公子，我与"表哥"已无瓜葛，公子便有了与姿儿深交的机会。然而，公子不忍伤小女子的心，编造谎言善意欺骗，足见公子为人善良，令姿儿更加爱慕。姿儿虽堕入风尘，但崇尚人格，内心清白，若公子不弃，吾愿自赎吾身与君结为连理共奉老母天年……

姿儿拜上

庄氏母子欣喜若狂。不久向晚与姿儿结为伉俪。新婚之夜，姿儿打着手势问丈夫："每次我给'表哥'写信，你都不动心吗？"

庄向晚不好意思地笑笑，把一叠信稿拿给她看。

生命的绝唱

  姿儿阅罢,很是惊讶,这些信的内容竟与给"表哥"的情书一模一样。

  向晚便打着手势告诉她,每次给"表哥"写信,他都要复写一份留下来。姿儿再仔细一看,笑了,这些信的抬头不是"世济表哥",竟成了"向晚公子"。

社会万花筒之中国微小说系列丛书

四寸金莲

　　韩家大小姐韩翘翘是个美人坯子，削肩细腰杏眼朱唇柳叶眉，怎么看怎么漂亮，如果再把那双大脚丫子换成三寸金莲，那长相就十全十美了。

　　翘翘是独女。翘翘的爹韩老当把闺女当宝贝疙瘩，针鼻儿大的委屈都不让受。那年头丫头论丑俊，先看脚后看脸。孩子到裹脚的年龄，韩老当见别人家的小闺女们裹脚疼得哭爹喊娘要死要活的样儿，揪胡子皱眉头心里闹腾了好些天，最终决定不裹了。

　　韩翘翘就成了天足。

　　其实韩老当不让女儿裹脚还有另外一个原因。韩家是武林世家。老当没儿子，但总不能把艺儿绝了，就只能把浑身的本事传给翘翘这个唯一的宝贝闺女，踮着三寸金莲哪能练武？

　　其实翘翘本身就是个假小子脾气，不爱红妆爱武装，爬

生命的绝唱

树掏鸟下河逮鱼比小小子折腾得还凶。爹让她练武，就随了她的性，翻跟头劈叉拿大顶，满眼都是她的大脚丫子。没几年，翘翘就练了一身本事，抡拳犹如风火轮，踢腿赛过刮旋风，走起路来脚丫子踩得地皮咚咚响。

韩老当说："这叫有所失就有所得。"

可是到了出嫁的年龄，轮到韩老当发愁了。就因为那双大脚丫子，翘翘的婚姻大事就成了高不成低不就。大户人家能看上她长相，却看不上那天足，更看不上她老爷们儿般的江湖脾气。小门小户的不挑她，可韩家挑人家。韩翘翘的终身大事就搁这儿了。

练武之人免不了磕磕碰碰，这天翘翘练功，翻跟头时一个不小心摔断了脚脖子，立马疼得冒汗珠子。去哪治？小华佗那儿！

小华佗的摊子就在北关太虚观旁边。两间房的门面，门前飘一幌子，上写：祖传神医，专治跌打损伤。小华佗年方十八，高高瘦瘦，白脸大眼高鼻梁，嘴唇上毛茸茸一层淡淡胡须，要多漂亮有多漂亮，要多精神有多精神。

韩家大小姐韩翘翘"哎哟哎哟"叫唤着由丫鬟搀着坐轿子到了小华佗那儿。

丫鬟小心翼翼把袜子脱下来，翘翘再怎么大方，但那双白白的大脚明晃晃见了天日，仍是羞得红了脸。屋里几位看病的主儿偏偏不识趣，一眼一眼偷偷瞄翘翘的那只大脚。翘翘眼一瞪，丫鬟也一叉腰，连喊"去去去"。吓得众人忙闭眼。小华佗看着翘翘的大脚，愣了一下，脸忽然变得比翘翘

社会万花筒之中国微小说系列丛书

还红，竟不知道自己该干什么。丫鬟用手帕虚晃下他的脸，小华佗才如梦初醒般回过神来，小心翼翼触下伤足，断出骨头错位，冷不丁指着窗外朝翘翘喊一句："小姐你看树上那只鸟儿。"翘翘一扭头的当儿，小华佗左手已托住她脚后跟，右手攥住脚趾头猛地一勾一推，翘翘压根没觉出疼，骨头已经复了位。旋即将膏药贴在伤处，又用夹板把脚丫子固定住，说："小姐，好生养着，五日后来换药。"

那一刻，韩翘翘就爱上了小华佗。

韩老当就派人摸小华佗的底，得知他父母双亡，孤身一人。老当一拍大腿，连说"合适合适"，就忙乎着托人来提亲，想让小华佗当上门女婿。

没想到小华佗一口回绝。小华佗说他喜欢三寸金莲不喜欢大脚。

韩翘翘杏眼圆睁，说："本姑奶奶的秀足是随便让人摸的么，摸了俺就得嫁给俺。"

再去小华佗那儿换药，翘翘就长了脾气，进屋就让丫鬟叉腰拦住其他病人不让进，药换完还不走，故意耽误小华佗的买卖。小华佗跟她论理："姑娘为什么和我过不去？"

翘翘脖子一拧，坐在床上晃荡着一双大脚，实话实说："谁叫你不娶我哩！"

"干嘛非要娶你？"

"不娶我你干嘛摸我脚？"

"不摸你的脚怎么给你医脚？"

"给我医脚……就非得摸我脚啊？"

生命的绝唱

都见过不讲理的,谁见过这么不讲理的?后来越来越出格,不管该不该换药,三天两头往小华佗那儿跑,闹得小华佗开不了张。小华佗打躬作揖就差跪地磕头了。韩翘翘索性打开窗户说亮话:"不娶我甭想消停。"小华佗也犯了倔,气得连说三个"甭想"。翘翘杏眼圆睁,从床上跳下来一瘸一拐蹦跶着走向小华佗,小华佗刚想跑,丫鬟从后边用拳头顶住了他的后腰眼。翘翘金鸡独立,左手一揪小华佗脖领子,把那右拳头晃了三圈,然后轻轻朝小华佗鼻子上一贴,说:"自己会给自己正骨不?"小华佗气得在地上转俩圈,一拍脑门蹲到地上。不过小华佗也真是个硬骨头,依旧铁了心不答应。翘翘却越发来劲,有天竟把小华佗那面"祖传神医,专治跌打损伤"的幌子扯下来,给他做了面黄底黑字的新幌子高高挂在了老地方。新幌子比老幌子大老多,上面的字还是那十个字,只是有几个字互换了位置,变成了"祖传跌打损伤,专治神医"。

总这么着,小华佗没办法,恨恨地说一句"好男不和女斗",关门歇业。翘翘来了,叉腰生半天气,再来,抡拳砸下门……

又熬了几天,翘翘不来了,小华佗试探着偷偷开了门。坐会儿往外望一眼,坐会儿往外望一眼。

麻溜过了俩月,小华佗刚把心安定下来,这一大早刚开门,翘翘的丫鬟就闯了进来,进门就把一个大包袱扔到了床上。小丫鬟瞪小华佗一眼,打开包袱,里面竟是一大堆花花绿绿粽子般大小的绣花鞋。丫鬟气哼哼地说:"我们小姐

社会万花筒之中国微小说系列丛书

这些天整天把自己捂在屋子里绣鞋，我们小姐哪是拿针的材料啊，手指头都被扎成筛子眼了，缝好一双就在脚上试试，可是……她那脚，哪穿得上啊！小姐就望着这些鞋发呆。小姐说折腾了先生这么多天，很是过意不去，她要这些鞋子也没用，送你，说是你成了家，给嫂子穿。"丫鬟拿起一只鞋摔到小华佗怀里，小华佗拿起一看，果真见鞋子上有斑斑血迹。

人那根柔弱的神经一被拨动，往往什么事情都好办。反正就因为这十几双粘着血迹的小绣花鞋，小华佗就成了韩家的上门女婿。

新婚之夜，新娘子扭捏着脱了鞋子，"哧溜"钻进被窝，小华佗先是吹灭蜡烛，轻轻脱了鞋子，也"哧溜"钻进自己被窝。过会儿，翘翘见小华佗没啥举动，争取主动，把自己的一只脚试探着一点一点挨过去，那边还是没动静。翘翘的脚丫子就慢慢伸进小华佗被窝，正碰到小华佗的脚，小华佗的脚丫子却如受到惊吓的鸟儿，一下就蜷缩起来。韩翘翘见新郎官如此羞涩，越发来劲儿，索性把另一只脚也伸进去，身子也就随着蹭进了被窝，两只大脚一齐去逮小华佗的"鸟儿"，一只"鸟儿""扑棱着"躲开了，但另一只"鸟儿"却被翘翘的两只大脚捂在了脚心。这一捂，翘翘忽然觉出不对劲，两只脚捧着小华佗的脚仔细一揉搓，一愣，翘翘冷不丁一屁股坐起来，一下子抓住小华佗那只脚，借着窗外透过的朦胧月光一看，禁不住笑了个前仰后合。有谁会想到，新郎官的脚丫子竟出奇的小，虽不是"三寸金莲"，但

生命的绝唱

最起码也是个"四寸"。翘翘趴下身子从床下提溜起小华佗一只大鞋一看,更是笑弯了腰,脚小鞋大,新郎官的鞋里竟顶了半截棉花。小华佗为啥不想娶翘翘?大概就是因为自己的小脚大不过翘翘的天足。

第二天,那些缝绣花鞋的丫鬟婆子们来讨赏,带头的丫鬟说:"小姐略施小计,就娶了个如花似玉的黄花大女婿,真是高啊!"翘翘得意地说:"甭管男女,只要脚小,就值钱!"说着呵呵笑着把半笸箩铜板朝天上一撒。

卢香臣

卢香臣是个"男媒婆"。

他个高,瘦,像个大螳螂。他那时候是我们生产队的会计,记账拨算盘珠子。由于很少"沾地边",整天干鞋净袜的。他爱戳大街。没事就亭亭玉立地在大门口站着。如果这时候走过来小伙子小姑娘,出于职业习惯,他就使劲盯着人家看,直看得人脸红心跳。

卢香臣当媒婆属于家传。他家在村东头住,四间"砖包皮"房子,小院收拾得很干净。屋里的家具和平常人家没什么不同,但与众不同的是迎门"中堂"地方悬挂着一副"大轴",很陈旧,画面黑乎乎的,看似有些年头了,眼神不好的需要眯着眼仔细看。画面有些费解,是两只飞在空中的喜鹊,两只喜鹊共同衔着一根树枝儿朝左上方飞,左上方是一棵大树,树上面是半个喜鹊窝。其实那画面有讲究,民间有一种说法:娶亲的时候如果看见两只喜鹊共同衔着树枝儿搭

生命的绝唱

窝,那就是大吉大利,说明这婚姻属于天作之合。说归说,这样的机会,比芝麻掉到针眼儿里都小……这画是有人专门画给卢香臣他母亲的。他母亲是我们这一带很出名的媒婆。听我父亲说,卢香臣的母亲也是大高个,长得很好看。老太太烟瘾大,一杆烟袋不离手。据说民国时候涞阳的一位县知事的儿媳妇就是她说成的,这事令老太太名声大振。因为出名,老太太架子很大,哪家来托她说媒,必须车马伺候。据说老太太曾创下一年说成三十九对媒的纪录,号称"媒界"的"皇后"。那幅"大轴",从某种意义上讲,就是对卢香臣母亲的褒扬。后来这幅独一无二的画作就成了卢家的传家之宝,也成了他家的"家标"。按规矩,娶亲那天,媒人必须到场,但由于她说的媒多,往往几家把娶亲的日子选在了一天,遇到"撞车",她便派家人替她去,就如同现在副职替"一把手"开会一样。卢香臣从十几岁就替母亲"开会",隔三差五就吃顿"十二八"大席。卢香臣后来也成为媒婆,也许就和他启蒙早有关系。

媒婆,跑断两条腿,磨破一张嘴。据说卢香臣有一年穿破了九双鞋。那些穿破的鞋子被他整齐地码放在窗台上。这对于卢香臣来说似乎是"爱岗敬业"的荣耀。有一次,他的独生女儿大秀偷偷拿了他三双破塑料凉鞋去货郎担子换了两根红头绳,被卢香臣知道屁股挨了两脚踹。

卢香臣嘴皮子溜,去谁家说媒一袋烟的工夫就能把人侃晕。但他很精明,遇到一些见过世面的主儿,他就要开动脑子,不急着说话了,只是抽烟,直到对方憋不住了先搭理

社会万花筒之中国微小说系列丛书

他。他一开始并不把男方吹个天花乱坠，往往说得很客观，很诚恳。说一句，"吧嗒"抽口烟，让对方考虑一下。他这样，反而让人觉得他这人靠得住。所以卢香臣出马说媒，成功率极高，来求他的自然就多。卢香臣就经常捏主家酒盅，说成了，还要享受主家的"四样"谢礼和赏钱，小日子过得有滋有味。

大秀和我同岁同班。大秀也长得高高瘦瘦的，特笨，每回考试都是倒数第一。大概老卢家的遗传基因很强，大秀很小就展露出保媒拉纤的天赋。我记得我上二年级的时候曾暗恋一位叫胡大润的女同学，论学习成绩，我和胡大润属于班里的男女状元，在我幼小的心灵中，我感觉胡大润也好像很爱恋我。有一次，我们三人一块走着回家，大秀走在我们中间，忽然大秀用右手拉住我的左手，又用左手拉住胡大润的右手，把我们俩的手叠放在一起，还意味深长地把我们俩的手捏了捏，然后做个鬼脸哈哈笑着跑开了。

距我们村十里外的张庄有个叫大孬的青年。他家的日子过得不错，大孬爹这两年在内蒙倒腾羊皮发了家。但大孬不好找媳妇，原因之一是大孬长得太难看，个子矮不说，还是个歪嘴，两只眼睛似乎永远睡不醒。二是这家人抠门，不招人待见，没人缘。大孬爹慕名找卢香臣，请他说媒。卢香臣一打听这家的情况，就摇了头。凭他的经验，给这样的人家说媒，费劲不说，因为抠门，往往也得不到什么好处。再说，那么个丑小子，从哪里给他找"般配"的丑丫头？大孬爹说，你若说成媳妇，就现拍给你一千块。这一千块对卢香

生命的绝唱

臣来说是一个很大的诱惑。那天卢香臣正好喝了酒,搓了几下手指头,借着酒劲就答应了。

为大孬这个媳妇,卢香臣跑烂了两双鞋,但说叨了七八家都不行。他想败阵,但又觉得不好交代,因为他已经捏了张家十几顿酒盅,大孬爹本来就抠,这十几顿酒盅早已把他"捏"得肉疼。这时候大孬爹果真急了,说,老卢你到底行不行?哪怕你把姑娘带给我们瞧一眼都行。卢香臣听了这话,一拍大腿,喊声:"行!"

那天一早儿,卢香臣骑上自行车,后座上带上已经十八岁的大秀,就去了张庄。按事先约定,大孬一家早早就在门口等着,偷偷相看卢香臣带来的姑娘。之所以偷偷相看,是怕正大光明见面但相看不中扫人面子。卢香臣带着大秀骑到大孬家门口,按了下车铃铛,就"嗖"一下过去了……

第二天,卢香臣就递了话,说人家姑娘没相中大孬,不愿意。

85

社会万花筒之中国微小说系列丛书

裘 贵

　　裘贵家在村西大街，家里四口人，一个是裘贵，还有三个儿子，年龄二十岁到三十岁不等，都没娶媳妇，看前景有打光棍的危险。

　　裘贵那时候已经六十来岁，五短身材，略有些驼背，穿衣服不爱系扣子，除了冬天，一年三季裂着怀。我记得裘贵不爱说话，一群人戳街聊天，他从不插言。即便人们谈论他，甭管人家说什么，他也很少应答，脸上更没什么表情，好像大家说的和他无关。

　　裘贵老婆死得早，缺少女人的家庭自然就少了热乎气儿，家不像个家。这大概也是三个儿子找不到媳妇的原因。

　　裘贵是个本分人，三个儿子也都老实巴交。那时候还吃大锅饭，虽然爷儿四个在生产队出工最积极，年底工分挣得也不少，分的粮食也最多，但半大小子吃死老子，他家日子仍说不上多好，和大家一样受穷。后来实行了联产承包责

生命的绝唱

任制，裘贵家分到了九亩地。爷儿四个都勤快，没日没夜地干。我记得有一次村里放露天电影《月亮湾的笑声》，那天的月亮很大很圆，乡亲们都聚在打麦场上看，这时候却见裘贵爷儿四个扛着铁锨朝村外走，一定是借着月光到地里干活，惹得大伙直笑。他二十岁的小儿子大概想看电影，一步一回头，倒遭来裘贵呵斥。人勤地不懒，粮食多得吃不完。农闲时节，三个儿子还随着工程队进北京当小工，一年能挣大几千，这样裘贵家的日子就好了起来。

吃喝不愁了，裘贵就为儿子们的媳妇发起愁来。裘贵开始托媒，但他不四处撒网，而是一下子就求到了我们村的"天王级"男媒婆卢香臣，待卢香臣答应后，裘贵并不是干等结果，而是主动配合卢媒婆。那天，我们村里有家聘闺女，主家为了庆贺特别请了场电影。裘贵下半晌就带着三个儿子直奔城里，等乡亲们在屏幕前打麦场上聚成一大片的时候，裘贵爷儿四个每人骑一辆崭新的自行车回来了。那天正好也是个大月亮地儿，四辆自行车在月光下发出幽亮的光，车轮辐条上安装的许多塑料珠子，随着车轮"仍仍"地转动发出噼里啪啦的声音。爷儿四个一起下车，把车子停成一排，然后坐在后座上，一脚踏地，一脚搭在车蹬子上。一些乡亲立马围上来，摸着车把，满眼都是艳羡："老裘，一下买四辆？""哦，一下买齐，省事。"裘贵用手捋一把胸前的汗，很是见惯世面地有一搭没一搭地应着，似乎压根没把眼前的"骄傲"当成一回事。小孩子去摇车铃铛，也不拦，就让铃铛脆生生地响着……

87

社会万花筒之中国微小说系列丛书

　　裘贵一下买四辆自行车的事在我们村引起了很大轰动。裘贵并没停止他的炫耀，为了尽快配合卢香臣把媳妇"晃"上，第二天爷儿四个骑着自行车，一路摇着车铃铛如同巡游一样穿越了几个村。

　　然而就在这天晚上，裘贵家的四辆自行车被人大卸八块，扔在了院子里。第二天一早，裘贵见到一院子的自行车零件，傻了眼，赶忙报了案。派出所出警后认真分析了案情，认定裘贵一定是遭人嫉恨。派出所长很聪明，把怀疑的重点放在了和裘贵家条件差不多的"光棍"家庭上，据此顺藤摸瓜，终于抓获了犯罪嫌疑人团伙，案子是一个叫赵老满的做下的。

　　赵老满爷儿几个被拘留了十天。裘贵这时候已经把四辆拆散的自行车重新组装上了。十天已过，赵老满他们被放出来。裘贵怕赵老满出来记仇报复，带着三个儿子骑着自行车去县城拘留所接赵老满他们。裘贵几个人骑着自行车，后座上坐着赵老满和他的光棍儿子们，一路摇着铃铛就回了村。

　　为了更大程度地感动赵老满，裘贵到村口，咬咬牙，把一辆自行车送给了赵老满，两个老汉笨拙地握了手，就算举行了交接仪式，那样子如同两国元首会晤。

生命的绝唱

清　茶

　　野三坡境内有一高山，悬崖陡壁，状如斧劈。山顶有一平台，台上曾建有一娘娘庙。据说建此庙时因山高路远，建筑材料难以运送上山，有人便想出用山羊驮运的高招。将附近村庄山羊集中起来，在每只羊身上拴几块砖瓦，成千上百的山羊边啃食青草边朝山顶进发，远远望去，整个大山犹如下了一层雪，很是壮观。

　　经过几百年的风吹雨打，娘娘庙越发变得残破，驻僧也换了一茬又一茬，到清朝光绪年间，只剩一高僧在此修行。高僧法号了凡，已年近八旬，但仍精神矍铄，腰身板直。了凡高僧出家前乃是一名医，本就心地善良，出家后更加仁慈，经常义务为百姓治病。他怕乡亲们到山上看病不方便，便每月初一、十五背药葫芦骑毛驴下山巡诊。那毛驴是个早产儿，它母亲生下它便死去了，主人怕养不活它，想丢弃不管。高僧得知，将小毛驴抱到山上，用米汤把它喂活。毛驴个头不大，却长了一个"大门头",人说这种驴极聪明极智慧。

　　了凡巡诊,天蒙蒙亮就出发。高僧骑驴,无需手握缰绳,稳坐驴背,仍能手持佛珠念经。毛驴四蹄撒欢,踏得山石"得得"脆响,人和驴都显出几分精神。

　　到了山下村庄,天正好大亮。病家主人早已在路口迎接。高僧下驴进屋,对病人望闻问切。主人回过身,将一捆鲜嫩青草恭恭敬敬放在驴面前,毛驴便很友好地望望主人,三缕二缕衔起而食,吃得优雅而且气质。吃饱了,高僧也正好从房中走出,主人千恩万谢,高僧双手合十作别,骗腿儿上驴又去了其他病家。

　　高僧了凡骑驴巡诊,救治山民无数,百姓无不感念他的恩德。有人提出在悬崖峭壁上为其开凿一块巨型"功德碑",百姓闻讯,无不响应,纷纷倾囊捐款。了凡知道后,吓了一跳,喊声"罪过",骑毛驴便去阻拦,好说歹说,乡亲们才作罢。

　　了凡有一嗜好——饮茶。高僧脱俗,饮茶也极讲究,他一年四季饮的都是绿茶。绿茶的香气最雅致,一壶开水冲进去,那墨绿色的茶叶打着旋儿舒展成一个个透明的气泡,一股幽香能感染一片天地。茶具是一盏成窑五彩小盖盅,雕镂奇绝,一色山水人物,并有草字图印,那是出家前病家送他的,已摩挲得通体发亮。过去,了凡一直用山上的泉水煮茶,后来换成了山下村庄的"龙眼井"水。了凡第一次接过病家递给他的"龙眼井"水便眼前一亮。病家把水倒得满满的,水高过杯口,光滑如披了一层缎子面。高僧道声"极

生命的绝唱

品"，喝一口果真比山上泉水更加甘冽。自此之后，了凡便改用"龙眼井"水煮茶烧饭。

为了凡运水的便是那头大脑门毛驴。

了凡先是领着毛驴下山驮了几次水，然后便决定让毛驴单独去驮。

天未亮，高僧便起床生火烧饭，接着添草加料，把毛驴喂饱，而后在驴身上拴好水桶，目送毛驴下山。

这是毛驴第一次单独下山驮水。毛驴因主人对自己的信任而激动，打着响鼻儿一溜小跑，没多久便来到了井边。这时"龙眼井"边已聚集了三三两两打水的乡亲。老乡们见了毛驴独自下山，先是一阵惊讶，再望水桶，更为惊奇——桶里边竟放着两张烙饼。人们一下子明白了——高僧要用烙饼换水吃。人们争先恐后地为水桶灌满水，烙饼却没有留下，依旧让毛驴驮回去。高僧为乡亲们办了那么多好事，为他打水也要报酬么？

第二天，毛驴又来驮水，不过这次桶里的烙饼却变成了四张，乡亲们给桶灌满水后，依旧不肯把烙饼留下，毛驴便原地打转怎么轰也不走。一老人说："他一准是上次驮回了烙饼，挨了大师的责怪。"人们只好留下烙饼，毛驴欢快地打个响鼻儿，立即转身上了山。

这以后，毛驴每天都在大清早儿下山，用烙饼换水，谁第一个见到毛驴，谁便拿走烙饼，然后负责给水桶灌水。

毛驴驮水，一直持续了二十年。这天早晨，天上下起了白毛雪。毛驴又下了山，然而身上不见了水桶和烙饼。毛

91

驴见到乡亲们，仰天大叫，四蹄刨击地面，一脸的焦躁与不安。乡亲们心里咯噔一下子，忙朝山上奔……入寺庙进禅房，见了凡已经坐化了，眼前一盏茶水，也已冰凉。

乡亲们含着泪把毛驴拉下山。大伙一商议，决定轮流养护它，每家一月。到了新家，毛驴拉磨驮柴，任劳任怨。当然，有一件事乡亲们谁都不会忘记，那便是户与户交接时，新主一定会和毛驴一起上山，在高僧墓前敬献一杯"龙眼井"茶。

生命的绝唱

穿过的衣服

先生去世两年了,但夫人哀伤的程度并未减轻多少。先生是个爽朗人,善拉胡琴,每天都要为夫人拉上几段,厅堂里便终日琴声袅袅,这时候夫人便像个小女孩般双手托着腮静听。如今先生走了,厅堂就显得寂寥起来。

先生与夫人情深意笃,先生患痨病去世后,夫人悲痛万分,想随夫而去,但想起腹中的胎儿,终究还是哀伤着活过来了。

儿子出生后,多少给夫人带来了些欢乐,但那哀伤却并未完全抹平。想念先生的时候,夫人便拿出先生穿过的衣服一件件抚摸,而后贴在脸上,直到把衣服捂热了,才又重新叠好放到衣柜里。

儿子六岁了,该是学习启蒙的时候了。几天前,夫人让女佣张妈托人找教书先生。这时正好张妈进了门,夫人便问道:"先生请的怎么样了?"

张妈说:"请到了,是个秀才,姓王,三十多岁,满肚子学问，只是……"张妈欲言又止。

夫人说："有什么问题吗？"

张妈低声说："先生去年丧妻，无儿无女，无牵无挂，按理说住到咱家教小少爷，最好不过。可是……"

夫人说："孤男寡女么？怕人说闲话？其实，只要我身子正，又怕什么呢。再说，不是还有您呢么！"

张妈一拍手，说："这就好了，倒是我小心眼儿。"

王先生被请来了。先生温文尔雅。夫人问了他一些话，先生如实答了。就在王先生转身出门的一刹那，夫人心中忽然一颤——这背影是多么熟悉呀！

先生被安排在了西跨院。

王先生对小少爷教授得极是认真。小少爷的学业也就一天天进步，夫人自然很高兴。

王先生除了教学，自己也用功，所以他总是睡得很晚，在灯下读书，累了便在院中散步，在月光下背诵一些清清爽爽的诗句。

这晚，月光很好。王先生又在院中背诗了。此时，夫人正拿出先生的衣服一件件抚摸，一件件贴在脸上。听到王先生的读书声，夫人站起身，却又坐下了，而后再站起身，犹豫了一下，最终走出门，悄悄走向西跨院。透过花墙望去，此时先生正好给了夫人一个背影，那背影清瘦修长，与丈夫的背影竟是惊人的相似。夫人痴痴地望着这背影，眼中透出了泪水。

第二天，夫人依旧起了大早儿。她把先生穿过的衣服都

生命的绝唱

拿出来，铺了一床，接着一件件抚摸。她守着这些衣服，坐了半天。

天黑了，掌了灯。夫人叫来张妈说："把王先生请过来吧。"

张妈迟疑了一下，去了。不一会儿，王先生进了门。夫人说："张妈您别走，我有事要说。"

夫人起身柔声说："这些日子让先生受累了。"

王先生躬身说："应该。只是王某才疏学浅，真怕误了少爷的前程。"

夫人说："先生客套。能遇到先生这样的恩师，是我儿子的造化。"

夫人拿起一件衣服，对王先生说："先生，您知道，我家相公，几年前就去世了。这些衣服全是他穿过的，放着也没用，先生若不嫌弃，不妨穿起来，只是让先生穿旧衣服，委屈先生了。先生若不高兴，就当我没说。"

先生还没来得及开口，张妈却急了："太太，这些衣服可是您的宝贝。"

夫人止住张妈，静静地望着先生。先生说："岂敢，感谢太太还来不及呢！"说着伸出双手恭恭敬敬接了衣服就要离开。夫人却说："先生可否现在就穿起来，让我看看是否合身？"

先生便将衣服穿在身上，在二人面前转了一圈。

张妈说："合身呢！只是袖子短了一些。先生胳膊长，手长过膝，有福呢！"

夫人说："先生转过身去再让我们看看后面。"

先生就缓缓转过身去，那背影就又呈现在了夫人面前。

此时烛光摇曳，撒了一屋的朦胧，似真似幻之间，夫人仿佛又看到了丈夫……

这以后，每隔一段时间，夫人便送先生一件衣服，总要先生当即穿起来，总要先生转过身去，在烛光中望那熟悉的背影。

先生的衣服送完了。

有一天，先生对夫人说："您给我做件新衣服吧。"说罢脸一红。

夫人就一愣，想：让先生穿旧衣服，先生终究还是挑礼了。夫人便满脸愧疚地答应。

夫人从溧阳最好的布店买来上好的绸缎，在张妈的帮助下为先生缝了一件新袍子。

那晚，先生穿上了新袍子，他舒展双臂转了一圈，最后给了夫人一个背影，说："这衣袖加长了。"

忽然，先生转过身来，双目凝视着夫人说："人不能总生活在回忆中。"

夫人一怔。

先生说："你该有新的生活。"

夫人眼圈一红。

先生又扬扬胳膊，说："一看就知道您是在用心给我做衣服呢。我胳膊长，所以便加长了衣袖。这说明从你做这件衣服的时候，我已经走进了你的心。"王先生红着脸说，"我……不能总当衣服架子吧。"

"扑"的一声，蜡烛爆出了一个火花，张妈顺势拨大了火苗，厅堂里顿时明亮起来。

生命的绝唱

神枪一只眼

一只眼是个打枪的料儿,他出娘肚子便只有一只右眼,瞄准省得合左眼。他原是东北老林的一个猎户,日本人侵占东三省后杀死了他父母兄妹,一只眼为报仇投军。到了涞阳,正赶上宋哲元的十三团和日本鬼子干仗,便投了十三团。

团长姓何,外号何大巴掌。一只眼第一次参加战斗,便是一场硬仗,日本鬼子的两挺歪把子压得弟兄们抬不起头来。何团长急得嗷嗷叫,一只眼拎了条大枪躲到石头后面,"叭叭"两枪便将两个鬼子机枪手的脑袋开了瓢儿。鬼子再换机枪手,可没来得及抠扳机便又让一只眼敲掉了。一只眼那只独眼放着冷幽幽的光,把那两挺机枪"看"得死死的,硬是让机枪成了"摆设"。那次战斗,一只眼立了功,何大巴掌见他是个人才,便成立了"神枪队",任命一只眼当队长。

社会万花筒之中国微小说系列丛书

　　一只眼亲自挑了五十名精干队员，然后开始训练。

　　一只眼先是教弟兄们打鸽子、麻雀，训练场上到处飘扬着鸟儿的羽毛，很好看。接着再打蝴蝶、蜜蜂，天空便被染得五颜六色，更加好看。火候差不多了，便练打铜钱，一枚铜钱被绳子吊在百米开外的树枝上，拧得滴溜溜转，一只眼掂掂枪，根据铜钱的转速一搂火，"当"的一声，士兵跑过去拎回铜钱，便见中间方孔被子弹穿成圆洞。一只眼说："就这么练。"

　　就这么练，神枪队员们果真个个都成了神枪手。

　　神枪队成了何团长的宝贝疙瘩"杀手锏"，打仗时，只要拉出神枪队，定能百战百胜。一次一只眼带神枪队奉命扼守门墩山，五十名弟兄硬是顶住了四百鬼子的进攻，最后令一百八十七名鬼子命丧黄泉。

　　每击毙一个鬼子，队员们便往兜里装一枚石子，回家后以石子多少论功劳，按功劳大小吃肉喝酒。这时候，神枪队队员们个个欢天喜地。

　　一只眼一高兴便开始想美事儿，他说抗战胜利了便回东北老林，娶老婆生娃上山打猎。弟兄们就笑，说你就一只眼也能讨上老婆？一只眼听了这话打了蔫儿，叹口气说："说的也是，哪个女人愿意跟我这一只眼？"这时，何大巴掌过来了，队员们赶紧敬礼。何大巴掌今天也很高兴，他早听到了大伙的谈话，便拍着一只眼的肩膀说："要不长一只眼，你的枪能打那么准？我看一只眼蛮好。等打完仗，我给你找老婆。"

生命的绝唱

　　涞阳历史上最激烈的一次中日大战在那年秋天的一个正午拉开,何大巴掌亲自督阵,一个团的人马全部拉上了战场。神枪队员们个个赤膊上阵,阵地上烈焰升腾,弹如飞蝗,血光冲天。神枪队员们的枪管都打红了,边打边往上撒尿降温。何大巴掌就站在一只眼身边,这令一只眼更加精神抖擞,他一连打死了三名鬼子指挥官。这时一发炮弹呼啸而来,一只眼经验老到,他一辨声音便大叫不好,一下子扑过去将何大巴掌压在身下……爆炸声过后,何大巴掌爬起来,忙抱起一只眼,见他那仅有的一只右眼已经永远闭上了。

　　战斗结束后,何大巴掌为烈士们举行了隆重的安葬仪式。何团长亲自把一只眼的脸擦得干干净净,接着拿过笔墨,在他那应该长左眼的"白板"地方画上了一只讨人喜欢的双眼皮大眼睛。

狼不吃

狼不吃这辈子和狼有缘。

三岁那年，在门口玩尿泥的时候被一只母狼叼走了，幸亏被邻居及时发现，大家吆喝着拼命追赶，筋疲力尽的母狼才丢下孩子夹着尾巴跑了。

十几岁的时候，被一只饿昏了的老狼偷袭过。那老狼受过伤，嘴巴大概是被"鸡皮炸药"炸过，只剩下一个上嘴磕。鸡皮炸药，是我们这一带猎人常用的"土炸药"，把炸药用鸡皮包裹，野兽贪吃去碰，就会炸响。当时，那只狼从后面悄悄扑向狼不吃，把一双大爪子搭在他双肩。这是狼惯用的手段，只待那人一回头就一口咬住脖颈。狼不吃果真回了头，也多亏那狼是半个嘴磕，想咬狼不吃没咬住。狼不吃一激灵，急中生智，双手攥住老狼的爪子向下一拉，脖子一挺，脑袋顶住了狼的下巴，就这么硬生生地把一只大活狼给背回了家。两个腿肚子被狼的后爪抓挠得血糊糊的。也就是

生命的绝唱

从那天起,大家给这个人起名"狼不吃"。

狼不吃不学好,小时候偷鸡摸狗,长大了坑蒙拐骗。再后来竟干起了偷坟掘墓的勾当。

盗墓分两种,一为"干湿活",一为"干干活"。所谓"干湿活",是指盗新坟。"干干活",指盗古墓。狼不吃"干""湿"活都干。为学习盗墓的技艺曾专门拜过师傅,技术很好。起初,他兔子不吃窝边草,专跑到外地做活。后来贼性越来越大,就什么都不计较了,在家门口也作案。我们村里的人都知道他是干什么的,防着他。谁家死了人,棺材里如放了贵重随葬品,为了蒙骗狼不吃,出殡前儿女们总要哭喊几句:"爹啊,你怎么这么心疼我们啊,死了也不带一件东西走啊!"或者:"娘啊,你咋这么命苦啊,就那么干干净净地走了啊!"为了争取更加真实的效果,嫁出去的闺女还要和哥哥弟弟们演双簧,"啪",脆生生地扇"不孝儿"一个嘴巴。

这年月,兵荒马乱的,老在外边跑总是不太平。狼不吃消停不少。日子也就过得寡淡。

三天前,国军和鬼子在距我们村三十里远的大叉子沟打了一仗,双方死伤惨重,尸横遍野。双方都还没来得及收尸。狼不吃听到这个消息,连夜就奔了大叉子沟。

他去捡"洋落"。

狼不吃一踏进大叉子沟地界,就闻到了一股死尸的味道。这味道对于常人来说,带来的无疑是恐怖。但狼不吃闻到的却是一股"肉香",狼不吃竟还使劲吸溜一下鼻子。

101

死尸横七竖八，腥气冲天，狼不吃目光贪婪。

狼不吃开始干活。他先是从一个鬼子兵的兜里掏出一个打火机和半包香烟，狼不吃用打火机点着香烟，美美吸一口。这时候狼不吃想，钻墓里能把人憋死，还是这活儿好啊，想怎么折腾就怎么折腾。想到这，狼不吃竟还做了个扩胸动作。若不是怕把狼招来，他甚至还想唱上几句《盗御马》。狼不吃歪叼着烟卷，又把一个趴着的尸体翻过来，找出了一叠钱。狼不吃双眼放光。接下来，狼不吃就又搜寻到不少钱票儿，还有饼干、香烟、怀表，另加一面小镜子和一个光屁股女人的画本。狼不吃干得热火朝天，累了，就坐下来抽支烟，打着打火机翻那本光屁股画本。

眼见着就到后半夜了。狼不吃觉得这"洋捞"捡的差不多了，就在他准备打道回府的时候，借着打火机的火苗忽然看见不远处有条毛围脖儿。狼不吃乐了，如果真是狐狸皮子的围脖儿，可值不少钱呢。狼不吃赶紧走过去，就在手指头触到围脖儿的一刹那，一具尸体忽然像一颗大树一样直戳戳向远处射了出去。

狼不吃魂飞魄散，喉咙"咕"一声，吓死了。

这怪谁呢！本来那只狼正把头和半个身子钻进一具尸体的肚子享受美味。若不是狼不吃打搅，人家怎么会顶着尸体跑呢。

生命的绝唱

墨　药

太虚观是涞阳最大的道观，坐落在县城北侧，占地足有百亩。观内座座殿宇飞檐斗拱、雕梁画栋。太虚观兴盛了数百年，香燃磬鸣、声动四方，可惜后来由于连年战乱，逐渐冷清下来，连道人也越走越少。到了清末民初，就只剩下一位姓彭的道长独守空观。

彭道长六十开外，体态清瘦，三缕长须已近花白。他那土布道衣总是洗得干干净净，鞋袜也一尘不染，人显得格外精神利落。彭道长是位书画名家，而且颇懂医术。他最擅长治儿科病，特别是小孩子常得的"痄腮"（腮腺炎）之类。药是他自己采来的，晒干后研成粉末。这些药他并不装进药瓶药罐里，而是倒进装满墨汁的砚台里，搅匀了，使墨汁和药末合二为一，道长管这叫"墨药"。彭道长就用这墨药治病，也用它作画，所以彭道长的书画闻起来既有墨香，也有药味，很特别。彭道长主要作人物画，也画动物和

社会万花筒之中国微小说系列丛书

山水、寒江钓叟、捉鬼钟馗等各色烟岚人物无一不精。道长作画，神情专注，一画就是大半天。这时若遇父母带患有"痄腮"的孩子来看病，他便提笔在孩子肿胀的小脸上面轻轻勾画涂抹几笔，细看，画的竟是鸟儿或猫儿狗儿之类的小动物。父母看了，呵呵一笑，孩子对着铜镜一照，也呵呵笑，这一笑，病就好了一半。回家不过半天，脸蛋便消了肿，再睡一觉，保管好利落。那些年，常见孩子们从太虚观走出来，脸蛋子上黑乎乎地画着猫儿狗儿。谁见了，谁便扳过孩子的头瞧瞧，瞧了便笑，笑过便说："道长看病作画两不误，真是绝哩！"

彭道长用的笔是他自己制的。

彭道长人聪慧，干什么琢磨什么。制笔最好的原料是狼毫（黄鼠狼的尾巴毛），太虚观年代久远，院内自然少不了虫鼠之类野物，彭道长发明制作了一个专门捕捉黄鼠狼的竹夹。竹夹四四方方，以竹板作框，竹条作弹簧机关，叠放时边长半尺，支开来便长一倍。竹条竹板上都用棉絮缠绕，目的是怕夹伤黄鼠狼的骨头。彭道长把竹夹放在黄鼠狼经常出没的地方，熬到半夜，便有猎物上钩。道长捉了黄鼠狼，并不伤害它，只用剪刀剪其几缕尾毛，便打开竹夹放生。道长心善，他之所以自己制笔而不买笔，自有他的道理。他说："世人取狼毫，总要伤害黄鼠狼的性命，从市上买笔，那是助纣为虐。"彭道长用他自己制作的狼毫笔饱蘸墨药创作了许多书画精品。这些作品柔中带刚，古朴大气，具有很高的艺术价值，而且墨药奇特的香气有驱蚊虫之功效。所以彭道

生命的绝唱

长的书画极受欢迎，悬挂他的画当时在涞阳成为一种时尚，许多作品墨迹未干便被人求去。

这一年，袁世凯复辟当上了皇帝。这一丑剧激起了全国人民的一致愤慨。反袁呼声一浪高过一浪，涞阳百姓也口诛笔伐融入反袁洪流。那帮文人们，将他们的讨袁檄文贴满了大街小巷。

那天，彭道长起了个大早，洗漱完毕后，闭门谢客，研了一钵的墨药，又搬出大摞宣纸，将狼毫放入清水浸泡。接着从身上掏出一块"袁大头"，"袁大头"银圆属新币，图案是"袁大总统"的头像。道长这枚银圆簇新溜光。道长指捏"袁大头"，伸直胳膊望一眼，曲指将银圆弹出，那银圆飞向水盆，"当啷"一声没入水中。

彭道长吮笔理纸，蘸墨悬腕，笔走龙蛇，勾画点描，旋即便勾勒出一幅图案，再提上两行字，一幅书画作品便完成。此时道长并不歇息，抻纸再画，须臾又是一幅……如此，那大摞宣纸逐渐由厚变薄，至薄暮时分，已用去十之七八。道长伸腰舒臂，吃两块面点，掌灯，复又伏案。此时，道长那清瘦的身影被灯光映到墙上，有节奏地晃动着，空灵而又飘逸……终于，百张宣纸用尽，一钵墨药也刚好用干。道长放下笔，拍拍手，颇有些兴奋，随意抻几张画排列开来欣赏一番——那画面竟是一样的图案，一水的袁世凯头像，竟如同一块刻版印出的。不过奇怪而又滑稽的是，袁世凯那光溜溜的大脑袋竟长在了乌龟身子上，旁边还有两句诗：淹死袁大头，治病不用愁。

社会万花筒之中国微小说系列丛书

第二天早晨,涞阳数百户人家都从自家院子里捡到了一张"袁大头"画像。官府闻讯,立马去抓人,然而太虚观早已人去观空。

官府挨户搜寻,大部分袁大头画像被收缴,但也有少许侥幸保留了下来,"淹死袁大头,治病不用愁",涞阳百姓逐渐悟出了这诗句的道理。谁再得了"痄腮",他们便把画像泡到清水里搅烂,直到清水变成黑色,用这黑水涂在肿脸上,竟是治一个好一个。

其实,"淹死袁大头"的意思还不仅仅是为了治病这一点。后来,蔡锷组织护国军讨袁,只做了八十三天皇帝的袁世凯在全国人民的唾骂声中一命呜呼。袁大头怎么死的,还不是淹死的!啥淹的?全国人民的口水呗!

未卜先知,彭道长实在是高!

生命的绝唱

毒　药

　　水娟是涞阳大土匪马三鞭的压寨夫人。马三鞭十三岁上山当土匪,先是给匪首牛老大当跟班,牛老大见他机灵,便有意一步步点拨他。后来牛老大被官府捉住砍了头,马三鞭便被众匪拥戴成匪首。

　　马三鞭当上匪首的第二年,手下给他抢来了水娟。水娟穿一身葱芯绿裤褂,脸蛋也水葱儿似的娇嫩。见了马三鞭,她不哭不闹,竟一脸的平静。马三鞭走近水娟,摸她一把脸蛋,问:"你怎么不哭?"水娟说:"哭有什么用?"马三鞭说:"你有胆,你要是个爷们儿,一准成大器。"水娟说:"我要是爷们儿,早把你宰了!"马三鞭先是一愣,接着咧开大嘴笑了,说:"越是叫得欢的狗越不咬人。跟我过,没你亏吃。"水娟叹了口气。

　　马三鞭得了这么一位漂亮夫人,心气大爽,活儿便做得顺顺溜溜,一连启了好几个大票。马三鞭对水娟挺好,供她

社会万花筒之中国微小说系列丛书

好吃好喝自不必说，还派两个小土匪专门到保定府为她买来绫罗绸缎。一晃两个月过去了，水娟在山上过得快快乐乐，见不到半点愁容。这时一个小土匪对马三鞭说："大哥，我总觉得夫人不对劲儿。"马三鞭说："我也这么想。哪个女人愿意跟土匪过一辈子？可夫人却显得并不怎么嫌弃我，一准这里面有啥事儿。"马三鞭就多了些心事。

这天，马三鞭正喝闷酒，水娟走来说："再下山，你给我弄包毒药。"马三鞭心里咯噔一下子，一口酒呛得他一溜咳嗽："你……你寻死？"水娟扑哧一笑："我年轻轻的干吗死呢？"马三鞭把眼珠子瞪得溜圆："那你要毒药干啥？"水娟说："我觉得干土匪最终不会有好果子吃，肯定是死路一条，我藏包毒药，万一将来官府抓住我，我就把毒药拿给他们看，说我是被你们抓来的，一直找机会想弄死你们，这样就能证明我和你们不是一路，官府就会放过我。"马三鞭起身围着水娟转了一圈，接着落座低头不语，好半天才"啪"地一弹脑门，朝水娟一伸大拇指："夫人真高明，连这么邪的招儿都想出来了。好吧，我给你弄一包。"

几天后，马三鞭把一包白色的粉末交给水娟，说："砒霜，小心收好。"水娟走后，马三鞭嘿嘿一笑，目光竟有些阴冷。自此后，马三鞭就显得心神不定。过了好多天，他忽然叫来水娟问道："你那毒药呢？我瞧瞧！"水娟就拿来药。马三鞭先是仔细看看纸包，见自己做的记号没变，就又问："你到底用这干啥？"水娟把眉毛一挑："我不是跟你说过么，我用它给自己留后路。"马三鞭死盯着水娟双眼：

生命的绝唱

"不是为了毒死我？"水娟说："原来你这样想，我说咋看你这几天像有啥心事哩！"水娟叹口气："其实，我也不愿跟你个土匪，可没法子，你坏了我身子，谁还娶我！与其愁眉苦脸哭哭啼啼，还不如糊里糊涂地活着。"马三鞭长出一口气，说："你真那么想？"水娟说："真的。"马三鞭说："这么想就对了！女人这一辈子图啥？还不是为了穿好吃好！这些我都给你，你现在过得比县太爷的老婆都舒坦。"说着，把那包砒霜扔到院子里，"我怕你害我，给你的是假药……明儿个我给你弄包真砒霜。"没过几天，马三鞭果真又交给水娟一包药粉。

涞阳知县一直把马三鞭他们当成肉中刺，一心要除匪患，怎奈县衙只有十几名捕快，人手不足，对付几个小毛贼尚可，但对付大股土匪就力不从心了。近来，马三鞭他们活动越来越猖獗，涞阳知县只好将匪情呈报给保定府，知府便发来三百官兵。官府这次行动极为保密，三百官兵都没穿军服，打扮成百姓模样分散进入涞阳城，在县衙集中后，选半夜时分行动。官兵不点火把，摸黑爬山，马蹄裹上棉布，连刀枪都用布包裹，怕月亮反光。官兵快到山顶了，放哨的土匪方发觉，忙敲锣报警，待马三鞭他们从炕上爬起来时，官兵已将山寨围了个水泄不通，马三鞭匪众全部被擒。

官兵绑了马三鞭，接着就要绑水娟。水娟捋捋眼前的刘海儿，镇静地说："我和他们不一样，我是被他们抢来的。"带兵的千总拧了下她的屁股，不怀好意地说："想活命还不容易！巴结巴结我不就行了，还用得着费劲编瞎话。"水娟说:"我没骗你们,我有物证。"官兵押着她取来那包药粉。水娟说:"这是砒霜,我偷偷藏的。我早想毒死这帮土匪。"千总将信将疑,将药粉倒进水里,硬给一个土匪灌进嘴里。好半天,却不见动静。水娟傻了眼,望着马三鞭直发呆。马三鞭说:"这包还是假的。你那么漂亮,我死了,留下你给谁睡?我要你陪我一块死。"

水娟一听,"哇"地哭了,她用手一指马三鞭:"你好狠啊!我为自己么?我是舍不得肚子里咱们的孩子啊!"

马三鞭脑袋"嗡"地一声,一下子瘫在了地上。

生命的绝唱

贱　票

　　花匠涂三，专替东家睡觉。

　　东家叫胡四，家大业大，富得流油，自然是土匪打劫绑票的目标。为此，东家防范甚严，家丁护院保镖随身不说，晚上睡觉也是狡兔三窟，今儿这房明儿那房。前几天，金华山几股土匪不知为什么抽开了疯，比赛似的绑票，溧阳好几个大户成了打劫目标。东家更加害怕，院墙加高一米，家丁增了一倍。但仍觉得不牢靠。因为绑匪活动的主要时间在晚上，东家就在夜晚的防范上下功夫，为保证万无一失，决定找个人替自己在正房睡觉。如果绑匪来了，顺利地绑到"自己"，真正的自己就脱离危险了。

　　涂三就被选为睡觉替身。

　　老话说人不可貌相。长一脸苦相穷相叫花子相的没准就是大富大贵，罗锅瘸子疤癞眼也许就一身能耐呢！涂三也是人不可貌相，但这话到涂三这儿得拧个个儿想——涂三是个

社会万花筒之中国微小说系列丛书

大胖子，肥头大耳，长一张吃四方的大嘴，肚子大得似揣了对双胞胎。这长相怎么看都是富贵命，可实际上只是东家的一个穷花匠，和其他仆人一样每天吃的也是窝窝头就咸菜，是个喝凉水都长肉的主儿。东家让涂三替自己在正房睡觉，就是因为涂三长得富态能唬住绑匪。

涂三就在正房里替东家睡觉。东家的正房共五间，高台阶粗廊柱，雕梁画栋。中间一间是客厅，一水红木桌椅，厅角几凳上摆名贵花草，百宝阁奇珍陈列，或瓶或罐或盒或筒或珍珠玛瑙或翡翠玉石。左侧就是卧房，一张楠木雕花大床占了大块地方，帐幔软垂，双铺双盖满床锦绣。起先东家本想给涂三换上一般的被褥，但想了想，为了更加"真实"，就只好忍疼便宜这小子。

涂三那晚迈进这房子的时候，浑身上下既激动又紧张。"咣当"房门一关，涂三就融进了另一个世界。涂三慢慢回过神来，仔细打量眼前的世界。这个房子涂三是经常来的，但过去涂三进入这间房都是因为东家召见，低眉顺眼地听东家交办活计，或侍弄客厅里的花草。但这次却不同，涂三这次是以主人的身份进入的。涂三想到这一层就慢慢变得更加激动。他开始认认真真仔仔细细地观瞧房间。蜡烛是不能点的，这点东家早已吩咐过，因为他来的目的只是睡觉。好在这晚月光很好，月光撒进来一片朦胧。过完眼瘾，然后就一件一件地摸那些过去一直想摸但不敢摸的摆设（花盆除外）。接下来他开始慢慢地把自己变成真正的主人。挑起门帘，涂三踱着步子缓缓走向大床，躺下，把绸缎被子盖

生命的绝唱

在身上,闭下眼,打个哈欠,再悠悠坐起来,把双手举过头顶,伸个懒腰,慢慢下床,再把两臂抬成水平状,身子左晃一下,右晃一下,——那是在配合"丫鬟"给他穿衣服。接着伸手接过"丫鬟"递给他的"茶",喝一口,一仰脖子,嘴巴蛤蟆吹气般鼓几鼓,一歪头再把那口"水"吐到痰盂里,接着用手指蘸一下"茶水"点一下眼皮"明目"。涂三慢慢踱出卧室,到客厅里,坐到椅子上,端起桌上茶盅慢慢喝茶……说心里话,我现在也难以理解,只会侍弄花草的涂三怎么会有如此高超的哑剧表演天赋?我们可以想象,涂三在柔曼的月光下如痴如醉行云流水的表演是何等美轮美奂或者阴森恐怖……涂三一直表演到子夜,陆续完成了吃饭、喂鸟、逗狗、擤鼻涕、挖耳朵眼、打太极拳、会客、拉屎、撒尿、洗澡、打麻将、抽大烟,包括吹胡子瞪眼发脾气,眉飞色舞咧嘴笑等东家常做的规定动作,待把"这一天"过完了,涂三开始进行最重要的一项内容,也是他真正的任务——睡觉。

涂三慢慢踱到床上,开始真正地脱衣上床。

涂三每天晚上当"东家",酣畅淋漓地享受着大富大贵,就缩短了睡觉的时间。由于睡眠不够,早晨起来常见他黑俩眼圈。

涂三还真的排上了用场,换句话说,东家真是有先见之明。涂三这觉没白睡,涂三果真被绑了票。

绑票的是胡秃子一伙。土匪们没见过东家,自然不能识破涂三的真实身份。涂三是被堵着嘴巴扛到山上的,身上

社会万花筒之中国微小说系列丛书

只穿了三姨太给他的裤衩。这时候涂三很是佩服三姨太的远见卓识。一个绑匪猛地把他裤衩抻下来，露出肥肥的白腚。另一匪随即朝着屁股蛋就是一巴掌，脆响，说："这胖票死沉，差点压死我们。"涂三面不改色，面沉如水。胡秃子喝斥一声小匪。胡秃子很有心计，为了捞到赎金，对"票"往往是软硬兼施。他先礼后兵，先是给"东家"松了绑。胡秃子忙叫人给他拿来上好的衣服穿上，但衣服瘦，系不上扣子，涂三露着大肚子。"老爷富态，"胡秃子说，"胡老爷和我是本家，把您请到山上，实在是没有办法，弟兄们不能总喝西北风啊！"说罢忙看座。涂三落座，不卑不亢，器宇轩昂。胡秃子一舔大拇指："胡爷沉稳，真是见过大世面的人。"涂三不紧不慢地说："好说，只是我受不得半点委屈。伺候好了，多少钱都行。"胡秃子压根没想到这个"票"如此爽快，大喜，忙命人安排酒菜。涂三也不客气，大大咧咧坐了。胡秃子给他夹个鸡腿往盘子里送，却被涂三用筷子挡住了，说："这些天吃的太腻，上火。"就夹起一口青菜小口吃了。

　　胡秃子笑笑："到底是老爷！"

　　涂三聊起眼皮问："打算要多少？"

　　胡秃子伸出巴掌晃了晃："五千大洋。"

　　"期限几天？"

　　胡秃子又伸出三个手指头。

　　涂三夹口菜："我最近正在杭州办一批绸缎，钱倒不开，三天紧巴点，十天如何？"

生命的绝唱

胡秃子慢慢站起来:"胡爷拿我开涮?莫不是拖延时间?"

涂三"啪嗒"放下筷子,端起酒杯对着太阳照照,乜斜着眼说:"我又不白吃白喝你的,多出那七天,我每天加你一百块大洋。"

胡秃子将信将疑,摸摸脑袋,使劲点点头:"信你的。"

"不过,我说过,我受不了委屈,别亏待我。"

那晚,胡秃子便给胡府贴了条子:赎金五千,十日为限。

涂三就在山寨享受大富大贵,一日三餐鸡鸭鱼肉,只是到了晚上将就些,虽然给他睡最好的房子,盖最好的被子,但跟"东家"的卧房比,天壤之别。

谁知没过三天,一个小喽啰下山到城里买药打听到一消息:压根胡四就没被绑票,绑来的只是他的替身。胡秃子暴跳如雷,找来涂三一问,涂三并不抵赖,照实说了。胡四气得掏出"独子撅"顶在了涂三脑门上。涂三面不改色。胡四忽然又把枪放下了,他要问个明白:"你只是个替身,东家不会花钱赎你的,你是个一钱不值的贱票。如果你实话实说,我也许会放了你,可为何瞒我到现在?"

涂三不紧不慢地说:"我若照实说了,大王也许会放了我,回去后我还当我的穷花匠,我家老爷找替身睡觉的把戏被识破,恐怕我今后连替睡的机会都没有了,我只能穷一辈子。但我实在是想享受富贵,能多坚持一天就多享受一天,我想'富贵'到底,'富'死在你枪下,再讨生,就会成为财主。"涂三说罢,面带微笑闭眼。

匪首胡秃子惊诧如痴,他压根没想到这个胖胖的穷替身竟能讲出如此高深的理论，他咬牙切齿地说："算你小子能耐，你越这样想，我越不成全你，就让你小子回去接着受罪。"一脚踢在胖花匠的屁股上喊声："滚！"

胖花匠失望地摇摇头，难舍难分地样子。胡秃子又抬起腿，涂三这才无奈地转身出门。

涂三晃着脑袋，垂头丧气地走了会，回头见后边没人，朝远处的匪巢抱拳喊声"得罪"，撒丫子就跑。这时匪首胡秃子似乎悟出了什么，一拍脑门，起身去追，登高一望，那胖票早没了影儿。

生命的绝唱

童 票

抗战初期，涞阳野三坡一带曾驻守宋哲元部队的一个连。连长姓曹，叫曹大方，山东人，长得人高马大。又使得一手好枪法，他有长短枪各一支，短枪自己挎着，长枪由通信员给扛着，他曾用那长枪敲碎了四名日军指挥官的脑袋，那长枪便被看成了宝贝，通信员给它裹上大红绸子，曹连长在前边走，通信员扛着裹大红绸子的长枪跟在后边，人和枪都显得很威风很荣耀。曹连长当过土匪，是被"收编"到国军的。他带兵打仗的方法与别人不同，讲究"重赏"，对打仗立功的战士，奖现大洋。让战士们列队，用筐抬过洋钱，高声叫立功战士的名字，报出奖励数额，叫到谁，谁出队自己到筐里取钱，有时候一场奖励下来，能发出好几筐钱。

这些钱大多是财主们捐的。但曹连长常打胜仗，奖金发得多，财主们多次捐钱，就有些吃不住了，曹连长的奖金就越来越没着落。曹连长到底是土匪出身，脾气很大，便开始给财主们挨家摊派。这样做便得罪了不少人，财主们开始和他暗中较劲，曹连长从他们口袋里掏钱越来越困难。他很恼火，便打听出领头跟他作对人的名字。那个老财主姓金，外号金疙瘩。

曹连长决定拾掇他一下，绑他的票。

曹大方招来几个亲信，把想法一说，大伙个个大眼瞪小眼。有人说，咱毕竟是正规军，怎么能干土匪的勾当？曹大方说现在是非常时期，就要采取非常的措施。几个亲信不好驳他面子，点了头。

一个深夜，几个亲信换上便衣，蒙住头脸，扮成土匪窜进金疙瘩家，绑了十岁的小少爷金旺。在门上贴了条子——现三日内带一万大洋到灵泉寺赎人，否则撕票。

接下来，曹连长开始耐心等待。他每天派两个便衣到灵泉寺等金家来人。第一天，没等着。第二天，还是没来。曹大方只当金家一时凑不够钱，便耐心等到第三天。天半黑，果真等到了金家人。

来的是两个年轻女人，一主一仆，女主人自称是金疙瘩的三姨太，金旺的妈妈。三姨太面色潮红、气喘吁吁，她泪水涟涟地央求先见儿子一面。"土匪"问她带钱了没有。她摇摇头，又赶紧点点头，慌忙从手上撸下金戒指和手镯，又摘下耳环，用手帕托过去。"土匪"说不够。三姨太扑通便跪下了，泪如雨下。"土匪"见她实在可怜，拍拍手，另一"匪"拉着孩子从隐藏处走出来。三姨太见着儿子，一把搂过来又是一阵大哭。"土匪"拉回了金旺，说："快去凑钱

生命的绝唱

吧。"三姨太定定神,哽咽着说:"实不相瞒,几位大哥,金疙瘩是不会赎这孩子的。"

"土匪"问:"没钱?"

三姨太说:"到这时候,我也就说实话吧,因为这孩子是我和别人所生,不是金疙瘩的骨血。金疙瘩知道内情,早有害这孩子的心。只是他多少有些怕我娘家哥哥,也就是孩子的舅舅,因为我哥哥在省城当官。否则,老东西也许早就下了毒手。老东西巴不得你们撕票呢!我好不容易偷偷跑出来见你们,还是请几位大哥把孩子还给我吧!"

两个"土匪"没想到会出现这样的结果,想了想,对三姨太说要回去商量商量,拉上"票"走了。

听了两个"土匪"的汇报,曹连长拖着腮帮子琢磨了会儿,说:"说不定是金老财在玩把戏,想把'票'骗回去。再等两天。"便派人摸黑在金家的院门上又贴了张条子,话说得更狠。足足等了两天,仍不见金家来人,这下曹连长才相信三姨太说的话是真的。

曹大方发了愁。绑票的目的是为了吓唬吓唬金疙瘩,要他拿钱。钱没得到,"票"怎么处理?他在房中转了三圈,最后挠挠头,骂声娘,决定把"票"退回去。

天明,曹连长派一个姓张的班长带几个弟兄去送孩子。上次进了"土匪"后,金家提高了警惕,大白天也要关紧大门,房顶上加了持枪的家丁。家丁见来了一伙当兵的,忙向金疙瘩报告。金疙瘩上了房顶,靠在炮台上向外观瞧。张班长把孩子拉到前边,朝他们喊道:"我们是国军,刚才

社会万花筒之中国微小说系列丛书

打散了一伙土匪，救下了你家少爷，快开门，把孩子接回去，你家主人该谢我们几个大钱。"金疙瘩本来正盼望着土匪"撕票"，谁知金旺被国军救了，很生气，直直腰，朝外喊道："蒙谁？我知道你们是土匪扮的，想让我开家门，甭想！"说完示意家丁朝天放了一枪。张班长大怒，骂声"王八蛋"，举枪打掉了金疙瘩的帽子。

这时，忽然传来一阵哭声，三姨太踉跄着上了房顶，朝张班长他们喊道："国军老总，谢谢你们救了我孩子。"张班长说："孩子放在这儿，我们走了。"刚走了两步，却又停下了，他经历了绑架金旺的全过程，知道小金旺的身世。他断定金疙瘩是故意找茬不开门。他想，金疙瘩如此仇视金旺，说不定哪天金旺的舅舅不当官了，老东西就真的敢害了他。张班长心肠一软，决定把孩子还抱回去。金旺还没走远，张班长把他追了回来，一把扛在肩上，朝三姨太喊道："我们先替你养着。"领人回去了。

为什么国军又把孩子抱走了呢？三姨太茫然不解，金疙瘩更是不明白。

曹连长望着退不回去的"小票"，哭笑不得。不过他很快又有了一个新想法：收留这个孩子。曹大方结婚多年，老婆却不生养。他觉得这票绑的离奇，就注定了自己和这孩子该有段奇缘。他对金旺说："有些事情你不懂，有人要害你，我们都在保护你，所以这段时间你见不着娘，但你要听话，不许乱跑。"金旺忽闪着一双大眼睛，似懂非懂地点点头。曹大方拿来一件军衣给他穿在身上，虽然是最小号的，

生命的绝唱

但仍遮住了他整个屁股。从此后，曹大方队伍里多了一个娃娃兵。几天后，部队转战北平。行军时，金旺走累了，曹大方便叫几个身强力壮的士兵轮换着背他。遇有战事，便把他藏起来。这样过了两年，曹连长和金旺竟培养出了父子般的亲情，曹大方就认金旺当了干儿子……他亲传干儿子枪技，金旺悟性挺高，很快练成了"乱点鸳鸯谱"的神枪绝技，双手打匣枪，爆豆子般点射，准头比干爹还高。后来曹大方当了团长，金旺也正式入了军籍。这时候，曹大方告诉了金旺的身世，末了说："别恨我！"金旺听罢，呆了，接着便流着泪说："我怎么能恨干爹呢，绑票是坏事，但对于我是好事，是干爹救了我。"为了表达对干爹的感激，金旺改姓"曹"，成了曹旺。他说："我本来就不姓金。"由于作战勇敢，十七岁那年曹旺便被破格提升为排长，打完日本后，十八岁的曹旺当上了营长。只可惜，这时候干爹曹大方已经牺牲了。

不久，曹营长调回野三坡驻防。他急切地想见自己的母亲，要跟金疙瘩算算老账。曹营长率领护兵们威风凛凛地朝金家大院走去。远远地望见那个熟悉又陌生的院落，曹旺百感交集。进院见了母亲，母子抱头痛哭。这时母亲告诉他金疙瘩早死了，曹旺恨恨地攥攥拳头。金家的儿孙们听说失踪多年的金旺带兵回来了，吓得都躲在了房里不敢出来。护兵们喊出众人。曹营长见他们个个体似筛糠，心中很是痛快。

曹营长望着金家偌大的家业，童年的记忆越来越清晰起来，他又想起了自己曾是干爹退不回去的"小票"。

他踱向金家大少爷，拍着他肩膀说："大哥是不是受了风寒，怎么浑身哆嗦？我和你们可是一个爹的亲兄弟啊！"说完背过身去，倒剪着手，围着院子开始溜达，猛地又一回头，说："宅子里住这么多人，不挤么？"几个护兵互相看看眼色，像明白了什么似的，趁机哗啦啦拉起了枪栓。大少爷聪明，略一思索，忙说："老兄弟在外辛苦多年，是该好好享受享受了！"其他人也终于恍出了"大悟"，忙齐声附和，接着各回房中，拿了几件衣服出了金家大门。

曹旺朝母亲笑笑，又朝天作了个揖，高喊了一声"干爹"。

生命的绝唱

赎 票

"白记"布庄是个新开张的店铺。老板白老端,和独生女儿白婷一起经营铺面。

那时候,涞阳有好几家布庄。由于竞争激烈,"白记"开张后,生意并不很好。聪明的白婷想了个办法。每当店里进来新的布料,她便先给自己做件旗袍穿在身上。白婷做衣服的手艺是跟她母亲学的,尤擅做旗袍。白婷貌若天仙,削肩细腰好身段,穿上崭新的旗袍在店前一站,便成了一道风景。几天后,把旗袍挂在店里当"成衣"卖,选布料再做一件,又穿在身上……靠着白婷的"模特"效应,"白记"生意很快好起来。利润一厚,本钱多了,白老端便开始大批量从苏杭购进中高档绸缎。"白记"货好而全,"雪球"越滚越大,爷儿俩自然高兴万分。

不想这时,白老端被绑了票。

白老端是在赴宴回家的路上被绑的。绑票的是东山的花翎子一伙儿。很快白家便收到"花舌子"送来的信，要白家拿五千大洋赎人，五天之内见不到钱便撕票。

　　花翎子是个女匪首，在涞阳黑道上很有名气。白婷接到信后，犯了大难。买卖开张刚半年，虽挣了些钱，但全做了进货的本钱，如何拿得出这笔大钱？限期只有五天，即使拆借，恐怕短时间内也很难凑齐。白婷发了一夜愁。第二天一早，她拿起一件旗袍，只身上了东山。

　　小土匪向花翎子禀报说有一女子求见。花翎子冷冷地说："哪个女人这么大胆，敢往匪窝钻！"

　　白婷见着花翎子，很是惊讶，这女匪首看起来也就二十几岁，面含冷霜，不过却长得丹唇凤眼，竟是个美人胚子。

　　白婷朝花翎子莞尔一笑，说："姐姐，我是来赎我爹的。我知姐姐貌若天仙，专为您做了件旗袍，不知合不合身！"说着把衣服递过去。

　　花翎子暗自称奇，过去来山上赎票的都是男子，而且往往被吓得战战兢兢，腿肚子转筋，但眼前这柔弱的女孩却泰然自若、不卑不亢，如同走亲戚，竟不知如何作答了，只是下意识地顺着白婷递过来的话茬说："我先谢谢妹妹了，进屋！"

　　白婷很快与父亲见了面。花翎子端坐在椅子上，望着眼前的白婷越发觉得好奇。女匪首也是聪明人，她自然知道白婷在讨好自己，便想看看这女孩如何把戏演到底。她对白婷说："白小姐，想用这旗袍抵那五千大洋么？"

　　白婷说："一件旗袍能值五千块？那不成金袍子了？这

生命的绝唱

只不过是给姐姐的见面礼。我知道黑道有黑道的规矩,赎票自然要用钱,只是那五千大洋我们一时拿不出。"

花翎子说:"我一口价,一个子儿不能少。"

白婷说:"姐姐,我一个女儿家找钱不容易,把我押这里,放我爹回去借钱,可好?"

花翎子略一沉思,说:"好!"

白老端一拍大腿,说:"也罢。"便风风火火下了山。

白婷把旗袍拿起来,对花翎子说:"姐姐,试试。"

花翎子毕竟是女孩子,自然爱美,看见这漂亮的旗袍,一种久违了的感觉忽然被唤醒,便进内室穿上了旗袍。白婷拿起铜镜让她照。花翎子对镜一照,好一阵欣喜。自入匪道以来,她一直快靴紧衣,侠女打扮,还没穿过如此漂亮的衣服。女人穿旗袍,最能显出女人味,此时白婷感到花翎子那野性的目光竟变得温柔起来。

过去花翎子绑了票,要把人看管起来,但对白婷则另当别论,允许她在院中自由出入。白婷说:"姐姐,不怕我跑了?"花翎子说:"你是聪明人,不干傻事。"白婷一笑,随了花翎子左右,一口一个"姐姐",帮花翎子梳头,给她讲生意场上的趣事,还教她如何做旗袍。花翎子久在山寨,周围清一色大男人,冷不丁冒出个对自己这样好的"妹妹",心中便不由自主地涌起一股暖流。当然,女匪首不会忘记白婷只是她的"票",这"票"所做的一切只不过是在演戏。

三天后,白老端雇人抬着一只大木箱回到山寨。

白老端当着众人的面打开箱子，白花花的洋钱晃得人眼疼。

花翎子冷冷地望着白老端："五千？"

白老端一抱拳："整五千，一个子儿不少。"

花翎子却咯咯咯地笑了，说："我敢保证，除了顶上这层，下面全是石头。"

白老端吓得面如土灰，白婷也微微变了脸色。

花翎子把顶上那层大洋拨拉开，果真见一箱石头。

白老端扑通跪在了地上："女侠饶命！"

土匪们拔出刀枪，单等花翎子发话。

花翎子却好久不言语。她瞥一眼"妹妹"，此时白婷倒显得很镇定。

花翎子说："妹妹，有什么话要说么？"

白婷说："我们实在拿不出那么多钱。"

花翎子忽然叹口气，搀起白老端，说："你们父女表演的这场精彩大戏令我感动。想知道我是怎么识破你们的吗？"

白老端愣怔怔望着花翎子。

花翎子说："从白小姐送我旗袍那一刻，我便感到了我这'妹妹'的不一般。'妹妹'之所以留在山寨，目的是想和我多待几天，用感情融化我，使我不好意思再要你们的赎金，会让你们原封不动地把赎金拿回。"她瞥一眼白婷，又望望白老端，"老先生对女儿的聪明才智深信不疑，断定她必定成功，所以你弄来一箱石头。"

生命的绝唱

白婷说:"姐姐果真冰雪聪明。"

花翎子说:"你费尽心机讨好我,尽管我知道你是在演戏,但我仍很高兴,毕竟你给我带来几天的欢乐!"女匪首忽然眼圈一红,转向白老端说:"我也曾有一位像您这样的父亲,我们父女同你们一样,也是心有灵犀啊!"

父女惊诧如痴。

花翎子头一扬,笑着说:"你们用聪明和智慧战胜了我,用亲情感化了我,这世界上还有比才智和亲情更值钱的东西吗!"

女匪首低喝一声:"放人!"

扈三爷与剃头匠

搁涞阳城，扈三爷算是大财主。多大？数不上第一，排老二，有戏。他家挨铁路边住，那是穿过涞阳县的第一条铁路，詹天佑修的，为的是方便慈禧老佛爷去易县西陵上香祭祖。"过了铁路，最数老扈"，说的就是扈三爷家大业大。

扈三爷长得就富态，脑袋似直接摁在肩膀上的冬瓜，后脖梗子上一溜肉沟。人说这长相天生就是富贵命。可谁知道，扈三爷原先确是个叫花子，拎打狗棍讨了十几年的饭。

叫花子怎么就富贵了？是金元宝绊了脚丫子？还是瞎猫碰上死耗子捡了"狗头金"？就不知道了。

这扈三爷有一怪癖：每年的"腊八"，他一准当一天叫花子。

那天，扈三爷会穿上一件补丁摞补丁的老棉袄。喝一碗搅合了烂菜帮子的"腊八粥"。拎着打狗棒四处转悠。晚上躺在狗窝里睡，裹一麻袋片子捂着脑袋，冻得腮帮子发紧，

生命的绝唱

牙齿打颤,但任凭谁劝都不回。

三爷说:这叫富贵不忘本。牢记昨儿那苦,方能珍惜今儿的好光景。

从"忆苦思甜"这件事情来看,扈三爷这富贵一准也是来的不容易。什么金元宝狗头金,纯属瞎编排。

那年的"腊八",又扮成乞丐的扈三爷吃完"杂合粥",挂着打狗棍去了城里,扈三爷要剃头。

扈三爷专找他没去过的理发店。别说,城西拐角处还真有那么一家,门脸不大,房子老旧,但门楣上的牌匾看上去挺新,上面两个字简明扼要:剃头。门前撒了一地炮仗纸屑。甭说,新开张的。

扈三爷就进去了。

扈三爷一掀门帘,就见一人正仄着身子在椅子上睡觉。扈三爷踱近那人,歪着脑袋瞄一眼,见这人三十多岁,睡得挺香,哈喇子都流出来了。咳嗽一声,那人一激灵醒了,起屁股站起来,揉眼望望扈三爷那一身烂棉袄,脑门挤出一个疙瘩:"要饭去别处。"扈三爷说:"不剃头,挂那破牌牌干嘛?"一屁股坐在剃头的座位上。

剃头匠看看三爷,脖子一扭,伸出手。扈三爷斜一眼:"嘛?""先给钱。""爷爷剃了半辈子头,还没听说先收钱后干活的呢!"眼一眯,身子一软,就仰在了椅子上。

剃头匠也觉得理亏,不再坚持。

剃头匠这活干得也真是糊弄,再加上扈三爷的脑袋也着实难剃,收刀完活,除了在青光光的头皮上留了七八条血

社会万花筒之中国微小说系列丛书

口子,那后脖梗子上的沟沟坎坎里竟是毛毛渣渣,似未褪干净的猪头。扈三爷自始至终忍住疼,不言语。这时剃头匠呲牙一乐:"爷,可舒服?"扈三爷咬着下嘴唇挤出个"舒服",手伸兜里摸索:"几个子儿?"剃头匠伸出三个手指头:"三个大子儿。"刚说完,就又攥回一个手指头:"看你这日子过得也不咋地,饶你一个,给俩得了。"扈三爷手伸出来,朝桌子上一扬,一个大洋在桌子上跳两下滚半圈又"当啷"蹦到地上。剃头匠撅屁股望着那个"袁大头",喊声"我的爷",傻了眼。扈三爷道:"狗眼看人低。"拍屁股,走了。

再过了一个月,扈三爷又来剃头。这次的扈三爷长袍马褂,一身簇新溜光,胸前那条怀表金链子有小手指头粗。剃头匠长了记性,从扈三爷进门,就祖宗一样伺候。洋香皂洗头,新毛巾净脸,那剃刀在磨刀布上嚓嚓蹭半天,手指肚在刀刃上试了无数遍。左手按着三爷脑袋瓜儿,劲头说大不大说小不小。右手拿稳剃刀在脑袋上左剃右刮。剃刀过处,扈三爷就觉得透亮清爽。后脖梗子那一溜肉沟,就觉得一松一紧,一撑一合,被什么东西挠痒痒一样舒服。末了,耳朵眼儿还被细细地掏了。扈三爷闭着眼睛直哼哼。

完活,扈三爷对着镜子一照,青光一片,连个头发渣也甭想找着。剃头匠嘿嘿讪笑,躬着身子就等主人看赏了,扈三爷却摸出三个小钱一个一个丢在剃头匠手中。然后背着手,意味深长地看着剃头匠,只等他脸上出现某种表情。这时候剃头匠忽然开口了:"爷,我知道您想要说什么?"

生命的绝唱

扈三爷"嗯"一声:"那你说说。"

剃头匠直起腰,说:"爷一定是想说,这三个小钱付的是上次的,上次的一个大洋付的是今儿的。"

扈三爷一愣——这正是他要说的话。

剃头匠一笑,说:"恕我直言。老爷说我狗眼看人低,没错,知道为什么?因为我是小人物,小人物就不能有个**性**,别人怎么样我就得怎么样,就得见人下菜碟。老爷一准是滋腻过了头,才轻践自己当乞丐。老爷先当乞丐后摆阔扔大洋,这次当阔老爷反而给小钱,自然是在耍戏我,看我被唬得一惊一乍的,就获得了一种报复后的满足感。其实,这也不光是在耍戏我,老爷一开始把自己放在低谷,在人们惊愕的目光中接着一下子跃上高峰,从根儿里讲老爷这是在找乐子,抖威风,找刺激。我白七是个小人物,今天之所以揭您这个疮饹馇,就是告诉老爷我白七不是个傻子,能看出个仨多俩少。"说到这儿,白七忽然啪地抽自己一个嘴巴子,"老爷,原谅我今儿喝了二两猫尿,看我这张臭嘴呦!"

说着白七拔腰挺胸,响亮地喊声"好走",把个张着大嘴的扈三爷送出了门。

孝子与八哥

聋哑人关爱是涞阳出了名的大孝子，四岁那年，关爱的爹病逝，自此便与寡母相依为命。

关爱家住在涞阳城西五里之地的桃花庄。关爱每天进山打柴，然后挑到城里去卖。每天进城卖柴前，都要问询母亲买回何种吃食，如果他娘用手比划一个圆圈，便是想吃馒头，平伸手掌，则是要饼吃……关爱得了母命，必从城中买回，不敢有丝毫马虎。

关爱是个聋哑人，没法跟娘说话，娘常感到闷得慌，关爱就一心想给娘解闷。那天，城里齐老爷要娶儿媳妇，买了关爱的干柴，关爱挑柴进了齐老爷家，见好多人围着一只鸟儿看，那鸟儿嘴巴一张一合地喊"你好、欢迎"，观者无不欢笑。关爱虽然又聋又哑，但心眼儿极灵，他早知有一种会说话的鸟儿，见此情景，便知这种鸟儿就在眼前。关爱送完柴，齐老爷给他钱时，关爱一个劲摇头，指着八哥一阵比

生命的绝唱

划,齐老爷好半天才明白他的意思——这哑巴想要这只八哥抵柴钱。齐老爷点头答应了。

哑巴得了这只八哥,心里乐开了花。这以后,关爱他娘终于有了一个说话解闷的伴儿,尽管八哥只会说几句话,但足已令老人欢喜不尽了。

关爱娘七十八岁作了古,关爱哭成了泪人。关爱家穷,众乡邻感念他是个大孝子,凑钱为他娘买了口薄板棺材。众人将他娘抬进棺材就要送葬,关爱却不许,双手卷成喇叭筒状放在嘴上,趴在地上不住地给乡亲们磕头。乡邻们明白了——哑巴讲排场,想请吹鼓手吹吹打打热热闹闹送他娘——这哑巴儿子真是孝顺到了家。乡亲们劝他说:"咱穷,比不得那些有钱人,排场不得。"关爱只是摇头大哭。

这时,一个长有络腮胡子的陌生大汉走进关爱家。大汉拍打一下棺材,又望望关爱,对大伙说:"这人可是关孝子?"众人点头。大汉说:"我出钱,办理老娘的后事。哑巴要什么,就办什么。"邻居们把大汉的话比划着告诉了哑巴,关爱趴在地上给大汉磕了几个响头。这时大汉提出了一个条件——安葬老人后,关爱得跟他走。

大汉从衣服里摸出一包银子散发给乡邻们,说:"烦劳老少爷们帮忙操办。"众人赶忙张罗,没多大工夫,便在关爱家的茅草屋前搭起了灵棚,又买来了上好的柏木棺材,接着吹鼓手也请到了。第二天一大早儿,关爱他娘在鼓乐声中体体面面地下了葬。

其实,那陌生大汉名叫王鹰,是个落草为寇的山大

社会万花筒之中国微小说系列丛书

王。王鹰手下有百八十号人,把持着野三坡西山一带。王鹰同关爱一样,也是大孝子,也是父亲早亡,如今与寡母一同住在山上。王鹰自知当土匪终究不会有什么好结果,便想着给老娘找条后路。关爱的孝名尽人皆知,王鹰就想把关爱弄到山上,一旦自己遭了不测,让关爱像照顾亲娘一样照顾自己老娘的后半生。那天,王鹰听说关爱娘去世了,觉得机会到了,便仗义疏财,帮关爱操办丧事,让哑巴孝子对他感恩戴德。

　　关爱带着他的八哥随着王鹰到了山上。王鹰把关爱领到娘跟前,老太太也是善心人,对关爱极好,关爱对老人也伺候得尽心尽力,一老一少感情越来越浓,最后老太太干脆认关爱作了干儿子。王鹰虽然是个土匪,但从不祸害穷苦百姓,打劫的对象都是恶绅大户。由于经常在外,王鹰难得与娘见上一面,好在老娘有关爱照看着,自己也就放心了。

　　就在关爱上山刚两个月的一天深夜,官军忽然围剿了西山。王鹰边带人厮杀,边派人去通知关爱和老娘快跑。关爱得了信儿,背起干娘架着八哥赶忙顺一条秘密小路下了山。

　　关爱背着干娘跑了十几里,最后找了个山洞躲起来。老太太腰上缠有一个布袋,里面装满了金银细软,那是王鹰提前给她备下的,日夜不离身。有了这些珠宝,关爱和老太太后半辈子该是衣食无忧了。

　　老太太见不到儿子,整天哭,花钱托人去城里打探消息,得知王鹰最终被官府拿获,正押在县衙大牢,一月后便要问斩。老人知道儿子死定了,自己也不想再活下去,几次

生命的绝唱

想上吊，都被关爱救下了，关爱心如刀绞。

这天，关爱带着他的八哥去大牢见王鹰。王鹰给关爱一个劲儿磕头，说："兄弟，老娘就交给你了。"关爱将八哥朝王鹰眼前一晃，指指八哥的嘴，又指指王鹰的嘴，"咿咿呀呀"又比划了好半天，王鹰含着泪点点头，然后对着八哥一遍遍地说："娘，我是鹰儿，娘，好好活着……"关爱一连十几天带着他的八哥去看王鹰，等到王鹰问斩之时，那只聪明的八哥已将王鹰的话学得惟妙惟肖："娘，我是鹰儿……"如果闭着眼睛听，还以为说话的就是王鹰本人呢！

自此后，王鹰他娘便把八哥当成自己儿子的化身，再也不去寻死。关爱也果真像对待亲娘一般孝敬干娘，直到为老人送终。

顺便补充一句，为了买通狱卒见到王鹰，关爱和干娘花掉了身上所有的钱。

曹义侯

曹义侯外号"瞎义儿",他的右眼睛白眼珠多黑眼珠少,显得不得劲儿,给人"瞎"的感觉,也让人觉得他很"鬼"很"狡猾"或者很有"阴谋"。曹家是村里最大的地主,但不是土老财,而是文化世家,曾出过五个秀才。不仅在我们那一带大有名气,在整个涞阳县也能挂上号。从曹义侯的太爷爷开始,曹家就在涞阳城开"刻字铺",一直延续了几十年。铺名叫"铁生",匾额是黄花梨板材,"铁生刻字铺"五个金色隶书大字沉稳健拔,让人看了直长精神。远的不说,仅民国年间,涞阳几任县知事和县长的私章都是在"铁生刻字铺"刻的。新中国成立后,涞阳各科局的公章也是刻自"铁生"。由此可以看出曹家的不俗。

曹义侯这辈,人丁不旺,只他老哥儿一个。结婚后,他女人不生养,因为这个原因,曹义侯虐待老婆。他虐待老婆的方法除了关起门来"打"和"骂"之外,还很有创意。据

生命的绝唱

说，曹义侯和老婆出门走亲戚，要坐马车。马是枣红马，系銮铃，车有布蓬，垂流苏，很漂亮。一出门，曹义侯赶车，让老婆坐车上。但一出村，他便把老婆从车上赶下来，要她跟着车跑。他老婆是小脚，跑起来似踩着高跷扭秧歌，左摇右摆如风中荷叶，颠不了几步便累得要死要活。见实在跑不动了，他才叫马车停下来，等一等。快进村了，为了怕人看见，才又允许老婆上车。后来他老婆实在受不了折磨，上吊了。从此后曹义侯成了光棍。

很快便来了土改，曹义侯被划定为地主，自然整天挨收拾，曹义侯熬不住，跑了，一直在外流浪了二十多年，才回来。

我记事的时候，正赶上"文革"尾巴。那时候曹义侯已经六十多岁，属于"四类"分子，经常挨斗。他住的房子是五间大瓦房最南头的耳房。这所房子原先就是曹家的祖宅，是村里最高最大的房子。前出廊后出厦，台阶很高，四根很粗的廊柱，凑近鼻子一闻有股很浓烈的香气，现在才知道那是楠木。五间大房，只允许曹义侯住一间。其他四间做了大队的榨油房。

曹义侯很爱干净，一年四季穿青布衣衫，脚上是一双军用鞋，当然不是解放军穿的鞋，而是那时候商店里常买的那种胶底绿帆布鞋，很结实，我们称之为"球儿鞋"。我从没见过他穿袜子，到了后秋天一冷，他便在鞋中铺一层"玉米皮"起保暖作用。他那间小屋也很整洁。他很反感别人进他的屋子。有小孩子隔门缝朝里望，他会瞪着俩眼轰人家，那只有毛病的右眼发出很"恶"的光。就因为这个，小孩子开始报复他，趁他外出，就隔着门缝往里撒尿。我是唯一他不轰的人，因为我和他是邻居，而且我从小就仁义，所以偶尔我会进他的小屋。屋子光线很暗，给人一种很神秘很阴森的感觉，要眨巴好几下眼才能看清里面的一切。屋里箱子很多，地上有，炕上也有，大大小小，码放得很整齐，发着很特殊的气味。那时候，我虽然只有六七岁，但已经有了阶级斗争警惕性，总把他联想成台湾的特务，觉得他那箱子里有"发报机"，这样一想就很害怕，常常是在屋里站一站就赶紧跑。

曹义侯爱到县城赶集，我们村离县城十二华里。他有辆自行车，每到有集，他就背一个挎包骑车去赶。车子看起来很笨重，没闸，出他家门不远是一个大坡，曹义侯这时候就伸出左脚踩踏在前轮上，或轻或重控制着自行车的速度，鞋底子和车轮摩擦，发出很响的"嚓嚓"声。这时候，便觉得曹义侯很威风。

没多久，发生了一件令人做梦也想不到的事情。

那天，我们生产队的大青骡子病了，为了凑钱给它看病，想卖些黄豆。队长曹大渣便带曹义侯一起去赶县城大集。曹大渣之所以带曹义侯去主要就是因为他常赶集，对县城集市熟悉，而且他能算账。另外就是他有自行车，那时候，我们队上有自行车的家庭还不多。还有一个原因就是曹大渣是曹义侯的远方侄儿。大渣心肠不坏，去县城办公事相对来说是个好差事，不用到地里干活不说，最起码中午还可以下顿小酒

生命的绝唱

馆。所以这也算是曹大渣对这个远房大伯的照顾。

一大早，俩人各骑辆自行车，每人后座上带上满满一麻袋黄豆向县城进发了。不巧走到半路，曹义侯带的那只麻袋"口绳儿"断了，豆子"哗哗"撒了出来，他赶忙下车攥住麻袋口。大渣也赶忙下车，支好车子一溜小跑赶过来。二人忙乎半天才把豆子一捧捧"捧"回口袋里。然后想把那断了的"口绳儿"接起来，可是那"口绳儿"本来就短，经过这一接，自然又短了一截，不够长了，最后没办法，大渣把自己的红布裤腰带解下来，那腰带很宽，大渣顺着布丝儿把它"嘎吱"撕下来一条，当"口绳儿"绑在麻袋上，然后把"细"了的腰带重新系在腰上。俩人继续朝前走。到了县城集上，他们刚把麻袋卸下来，还没来得及解"口绳儿"，就来了买主。

买主是个姑娘，她问："这豆子多少钱一斤？"曹义侯说："一毛八一斤。"姑娘说："贵。"曹义侯说："不贵。货好。不信我解开裤腰带让你瞧瞧。"说着就要解那口袋上的"口绳儿"。

姑娘自我保护意识很强，警惕性也很高，听了这话一下子恼了脸。"解开裤要腰带让你瞧瞧。"瞧什么？听话听音。

于是姑娘大喊："流氓。"

这一喊不要紧，立马呼啦啦围了一群人，其中还有几个姑娘的熟人，大家伙群情激昂，不论曹义侯和曹大渣如何解释就是不依不饶，因为事发地归城关镇管辖，最后大伙儿就把曹义侯就近压到了城关镇革委会。曹大渣胆战心惊地跟在后边。镇头头先向曹大渣问曹义侯背景出身。曹大渣不敢隐瞒，实话实说。这一下不要紧。当镇头头得知曹义侯是个"四类"，立马就把这件事情上升到了政治高度，要把人关起来。大渣见状，为了减轻曹义侯的罪责，便主动承认那扎口袋的裤腰带是自己的。头头一听这话，觉得曹义侯耍流氓并不是有预谋的，而且曹大渣家三代贫农，根红苗正，就又犹豫了。正好这时我们村那位在城关镇做饭的老白师傅碰到了他们，问清原因，帮着求情，并拍着胸脯做了下"保"。最后才把曹义侯狠训一顿放了。

　　回村后，俩人对这事守口如瓶，本想着别人不会知道。哪承想大渣有一次喝了酒，不小心把这事"秃噜"了出来。村群专指挥部发现了阶级斗争新动向，就立马给曹义侯打了花脸，带上了报纸糊的尖帽子进行游斗。一大群人敲锣打鼓押着曹义侯，边游边让他在大庭广众之下交代罪行，问："曹义侯，老实交代，你怎么耍流氓？"曹义侯立正回答："我说货好，不信我解开裤腰带让你瞧瞧！"这一回答不要紧，人群一下子炸了锅，人们个个笑得前仰后合。群专指挥部的人本不想笑，但憋不住，也就跟着嗤嗤笑起来。有人故意继续问："你这豆子怎么那么贵？"人们立马止住笑声，静听曹义侯回答。"货好，不信我解开裤腰带让你瞧瞧！"话音一落，笑声又爆发出来……此时曹义侯明显感到了这次游斗与以往的不同，很被眼前的气氛所鼓舞，竟被人"追星"般忘掉了自己的角色，忽然把腰杆挺直了，脸上带着笑容晃着脑袋朝左右的大姑娘小媳妇一遍遍喊着："不信，我解开裤腰带让你瞧瞧——"

　　现场变成了欢乐的海洋。

生命的绝唱

老　拐

　　老拐患过小儿麻痹症，瘸得厉害，走路时用手按着右腿膝盖斜探着身子。因为这个姿势，他的眼睛就老朝着地的方向，和人说话，要抬头，这样，脑门绷劲，慢慢地，抬头纹就多起来，长相就显老，刚二十来岁的老拐，看上去足有四十多。老拐兄弟四个，他是老小。三个哥哥已娶媳妇分家另过，他没媳妇，随鳏夫爹过。家很穷，几乎顿顿稀粥。他家在供销社拐角处住，三间土房，院子坑坑洼洼。雨季院子积水，老拐出门进门绕水坑走，很不方便，每过一个水坑，他都要认真研究一下这个坑的宽度，然后就咬咬牙，用一只手扳着右腿试探着迈过去，嘴里还"哼哧"一声。这时候，如果他爹看见，老头会停下手中的活计，心里随儿子一起暗暗使劲，每当儿子迈过一个水坑，就攥着拳头叫声"好"，如同给打把势卖艺的喝彩一样。

　　这身子骨，自然干不了农活。早些时候，他爹想让他当鞋匠,但家里穷,拿不出买修鞋家具的钱和拜师的"四样礼",老拐就只能干闲着。

早晨喝完粥,老拐经常会到供销社门前的老槐树底下闲坐。我们村是公社所在地,公社唯一的供销合作社就设在我们村。供销社人聚人散,是全村的政治经济文化中心,也是最热闹的地方。供销社五间青砖瓦房,玻璃门窗,门窗外面是绿色的挡门板和挡窗板,关门开门需要装卸。我记得当时有一个售货员叫老华,是个又胖又高的白头发老头,据说一顿饭能吃九个馒头,劲头特大,有时候装卸门板,他为了显示自己的劲头和逗人开心,只需一手拎着一扇门板,一叫劲说声"起",脖子上青筋一绷,就把门板举起来。老华举门板的时候,老拐爱冲他说一句话:"老华偷吃商店里的槽子糕,劲大。"人们哄笑。老华也爱开玩笑,回敬一句:"你小子要是能爬上柜台,槽子糕随你吃。"供销社的商品种类很全,既有副食布匹鞋袜,也有扫帚铁锨水缸"尿鳖子"等土产。那时候正值"文革",社员买东西要先背一段毛主席语录,有些老太太记性不好,背不出来或中间打磕巴,售货员就不给拿东西。老太太被憋得无奈,如认识老拐,就扭着脖子朝外急赤白脸地喊一句:"老拐,也不帮个忙!"老拐就伸着脖子大声给老太太提个醒儿。

供销社坐落在一座土台上,那棵老槐树是这座土台上唯一的树木。树干很粗,三人合抱手不打拢。老拐坐在树底下,方向正朝供销社大门。树皮被他的脊背摩擦得发亮。他背靠的地方凹陷进一大块,老拐靠在那里似乎就成了一个木

生命的绝唱

刻的浮雕菩萨。这个地方似乎就是他的专座。到这里闲坐的当然不只老拐一个人，还有一些上了年纪的老人。但一般人都不会坐在老拐的专座上，偶尔有人冒犯领土，老拐不急不恼，会紧挨着这个人坐下，一点点往过挤，直到挤得那人离开，老拐就又重新占领宝座。

常来这里和老拐闲聊的有个叫粥的人，粥比老拐大几岁，是个光棍。粥五年前因为砸盗供销社被判了三年徒刑，前年刚放出来。粥的盗窃事件曾在我们这一带引起很大轰动。那年夏季的一天后半夜，粥来盗窃供销社。撬了半天门没成功，粥就用砖头直接砸开了供销社的门，粥进了供销社里直奔副食摊位，糖果点心吃了个肚圆，然后扛了两捆布逃离了现场……但案件很快告破，那时"文革"正在劲头上，如此惊天大案，自然引起公社革委会高度重视，随即就召开对粥的批斗大会。现场人山人海，规模浩大空前。粥被五花大绑，撅在台上挨了三个小时的批斗后，被警察和民兵扔死狗一样扔到卡车上拉走了……刑期结束后粥回来了，经过几年牢狱生活的粥竟变得容光焕发。我记得粥回来的那天穿着一身很干净的蓝色棉衣棉裤，棉衣上砸着竖针线条，和志愿军军服样式差不多。光头上刚长出一层头发茬，红光满面的，显得多少胖了一些。粥回来后经常朝人吹嘘说他在监狱怎么怎么享福，葱花烙饼羊肉馅饺子管够，若不是惦记老娘，就一辈子留在监狱里。粥的话人们将信将疑，起初老拐也不信，但架不住粥一遍遍有鼻子有眼的说叨，老拐就慢慢信了，再后来就深信不疑了。以后，每当粥跟他讲述监狱里的幸福生活的时候，老拐便流露出崇拜和艳羡的目光。老拐的眼神和态度令粥很感动，粥把事情的经过就更加仔细地讲给老拐。从拎着砖头砸供销社的门开始，特别是讲到吃那些糖果点心的时候，能让老拐的喉结一次次鼓动……

老拐受粥蛊惑很深。终于有一天，为了那一顿香死人的糖果点心，和出于对幸福的监狱生活的美好向往，老拐决定也去盗窃供销社。但老拐是个胆小的人，实在没有勇气像粥一样直接用砖头砸供销社的门窗。别说真的去砸，就是心里想一想也心惊肉跳。

"硬"的做不来，老拐决定"智取"。

老拐开始一次次进供销社屋里踩点儿……

很快，进了腊月门，又过了十几天，供销社买年货的人多起来，常常是门还没开，门前就挤满了买年货的人。老拐就在这时候开始行动了。

整整一天，人们忽然发现槐树底下见不到老拐了。第二天一早儿，供销社的门一开，早已排队等候在外边的顾客呼啦涌了进去，老华几个售货员正忙着招呼客人的时候，老拐趁机悄悄从一口躺在地上的大缸里往外爬，不料老华正好扭头，看见了。老拐和老华目光相对，吓得又往回退，如同刚出洞口发现老猫的老鼠。老华惊诧如痴，掀开柜台板走过去，一把就把老拐薅了出来，再猫腰往缸里一看，就睁圆了眼睛——那缸里是一层糖果纸和点心渣儿……

老拐是前一天偷偷藏进大缸里的。那个地方一共放了七八口大缸，排列得整整齐齐，只有这口大缸大概因为有个裂

生命的绝唱

纹没人要,被倒放在墙角,缸口成四十五度角斜对着墙角,老拐踩点的时候正巧见一个小孩子藏到里面捉迷藏,于是就来了灵感。天快黑的时候,屋内光线很暗,买年货的人怕门关了买不到东西,心情很急切,秩序就有些乱,老拐就是在这时候偷偷藏进去的。一黑夜把供销社的点心尝了个够。

老拐被抓了现行,坐在地上一脸讪笑地望着老华。"怂小子本事不小。"老华说着,拎小鸡一样把老拐拎出门,说,"看你小子平常还老实,要不然,饶你?"

老拐没想到老华这样对待自己,很吃惊,"这这这"半天,不知说什么好。

就在老华一转身的时候,老拐忽然抓起一块砖头,"啪嚓"把门玻璃砸了个大窟窿。老华惊得缩脖子转身,老拐指着碎玻璃呆呆地看着老华说:"砸了——抓人不?"

武家大院

  武家是涞阳老户，世代做酿酒生意。武家酒入口绵甜，清爽甘冽。主要品种有"大甘泉""釜山醉""喜登科"。武家仆人清扫门前大街，必用掺了酒的清水泼洒街面，所以武家大门前总有一股酒香。逢每月十五，武家人便用掺了"大甘泉"的清水把涞阳城主要街道泼洒一遍，酒香便弥漫了整个涞阳城。到民国十几年，武家生意已达到鼎盛时期。于是武三进大兴土木，决定建一所新宅院。

  武三进建新宅，就如同他做生意一样有创意。一般人建宅院，讲究的是几进几出，规划得方方正正。武三进建房子却全然不按这一套。他亲自给工匠画了草图。工匠们一看，这图纸设计得也着实让人丈二和尚——大院形状如同一片大桑叶。院墙曲里拐弯，大院中又划出几十个小跨院，跨院有大有小，花墙同样曲里拐弯，毫无章法。工匠问："这样的宅院像啥？有啥讲究？"武三进笑而不答。建这样的怪院子，工匠们

生命的绝唱

还是大姑娘上轿头一回,这工程进行得就很缓慢。一直过了三年,占地百亩的武家大院才完工。新宅落成这天,涞阳政要及富商大贾、文人雅士纷纷前来祝贺。武三进先是领宾客登上了涞阳城外的仙凤山。众人登高一望,武家大院尽收眼底。宾客们望着这怪模怪样的院落,惊如痴呆,只有武三进的独子武元忽然喊出一句:"中国,父亲,您造了一个大中华。"

武元这一嗓子,一下惊醒梦中人。可不,那武家大院竟是按中华版图造型而建。众人个个张大了嘴,"唏嘘""啧啧"声后,禁不住纷纷喝出彩来。

武三进遥指大院说:"中华有多少个省,我这大院就建了多少跨院。这几十个跨院也是按各省形状而建。"众人随武三进迫不及待地走下仙凤山跨进武家大院。只见每个小跨院的门楣上都有院名:"河北""云南""山东"……院内亭台楼阁、假山怪石无不精妙。众人走进了一个小院就等于走进了一个省,整个大院走下来就如同走遍了整个中国。

武家大院引起八方轰动,前来参观者络绎不绝。武家大开院门迎客,竟是天天宾客爆满。就在这时候,武三进又忽然在大门旁竖起块石碑,上面镌刻了八个遒劲大字:洋人与狗不得入内。

武三进指着石碑对众人说:"洋夷侵我中华,在公园门口竟写上'华人与狗不得入内',实属凌辱我神州。三进年少学武,曾立志做一横刀立马卫我中华的大将军,只是命运让我走进生意场,但三进报国之心从未泯灭。今立此石,意在告诫列强,我辈不可欺,中华不可辱。"

这话直激荡得众人热血沸腾，欢呼喝彩声如浪似潮。

众人都兴奋不已，唯有武元显出了一丝忧虑。

武元此时正与一洋小姐谈恋爱。

武元留过洋，曾就读于英国牛津大学，不久前刚毕业回家。留学期间，武元与一位名叫凯瑟琳的女孩相爱了。凯瑟琳原打算与武元一起回中国，但武家从没有娶外国媳妇的先例。武元怕家人不同意，便答应凯瑟琳自己先回国与父母商议，待家人同意后再接她到中国。

凯瑟琳是洋人，那石碑上写着"洋人与狗不得入内"，自然凯瑟琳是不能进武家大院的。武元一脸苦相。

巧的是，这时候凯瑟琳的父亲来到中国经商，凯瑟琳思情人心切，便随父亲来到中国。凯瑟琳刚到省城，便带着翻译驱车到涞阳见武元。

凯瑟琳她们经过打听，径直来到武家大院。此时，武家大院正聚了不少前来参观的人，众人见来了一位洋妞，只当是武家大院引得洋人也好奇参观，禁不住窃窃私语。翻译看见石碑，变了脸色。武家门房跑出来看究竟，翻译朝他说："去请你们家少爷，就说有位叫凯瑟琳的小姐来访。"

不一会儿，武元急匆匆跑出来。武元一见凯瑟琳，惊喜万分。再望望围观的人群，脸便红了。

武元拉了凯瑟琳的手说："凯瑟琳，我们先回客栈。"

凯瑟琳吃惊地问道："为什么，我不能进去吗？"

武元并不回答她，而是拉她的手上了汽车。

也巧，此时武三进刚好外出回家，这一幕正被他看个正着。

生命的绝唱

到了客栈，凯瑟琳仍然一句一个"为什么"，武元只好如实相告。凯瑟琳惊得睁大眼问道："外国人都是坏人吗？"武元忙摆手："不不，只是……请放心，我一定会说服家父的。"

武元回到家，武三进正正襟危坐在太师椅上，此时的武三进对刚才发生的事情已猜个八九不离十。

武三进清了清嗓子，未等武元开口便问道："给我领回个洋媳妇吗？"

武元想不到父亲问得如此直接，支支吾吾竟不知如何回答。

武三进"腾"地起身："洋人欺我中华，即是我武三进仇敌。那碑刚立起来，你想扇我的老脸吗？"

武元战战兢兢地说："可凯瑟琳心地善良，绝不是坏人。"

"好人也罢，坏人也罢。我已立碑明志，只要是洋人就休想进我武家。"

武元成了霜打的茄子。

武元就又找家族的长辈们一遍遍说情，但武三进的心却硬成了铜豌豆。

武元与凯瑟琳真心相爱，面对家族与爱情的两难选择，武元经过激烈的思想斗争，最终选择了后者。

不久，武元随凯瑟琳去了英国。

武元走后的几十年，武家大院在岁月风雨中飘摇。不久，日本人占了东三省，"9·18事变"爆发。就在这一天，武家大院的上空忽地飘起了一面旗帜，那旗杆足有五十米高，大旗在风中猎猎作响，振奋了涞阳千万人的心灵。几年后，中华全面抗战开始，不少爱国将士战死沙场。每当噩耗传来，武家便下半旗致哀……然而不幸的是，这年日军飞机飞抵涞阳城狂轰滥炸，武家大院竟毁于战火。那"洋人与狗不得入内"的石碑被炸成两截。武三进在灾难中丧生。

抗战胜利后，国民政府被武家抗战精神所感动，曾拨出专款对武家大院进行简单的修复，但终未恢复成原貌。新中国成立后，人民政府对大院进行了第二次整修。然而遗憾的是"文革"期间，大院被当成"四旧"再遭劫难，院墙被推倒，房屋被拆得七零八落，那石碑重新湮没在黄土中。

岁月流逝，时间又跨入了20世纪90年代。这年，已步入耄耋之年的武元老先生携发妻凯瑟琳从英国回到中国。此时武老先生已是英国赫赫有名的商业巨头。思乡心切的武元先生决定晚年回国定居，回到生身之地涞阳，回到魂牵梦绕的武家大院。涞阳侨办的同志们热情接待了武元夫妇。武元顾不得休息便来到了武家大院旧址。

望着荒草中的一片废墟，武元禁不住老泪纵横。他轻轻抚摸着残垣断壁，找到了那块没入黄土中的残碑，抹去碑上的尘土，低声念着那刻骨铭心的文字：洋人与狗不得入内。

武元先生决定做两件事，一是向希望工程捐赠巨额资金，二是重新修复武家大院。随行的政府领导拍手称赞，表示要把武家大院建成爱国主义教育基地。

一年后，新的武家大院胜利竣工，那残碑得到修复，政府为大院落成举行了隆重的剪彩仪式。鞭炮声中，武老先生和众人刚要迈进大门，凯瑟琳忽然指着石碑说："我不能进。"还没等众人说话，她却先笑出声来……

生命的绝唱

情　报

　　兰心昭是涞阳东关一大户人家的千金。日本人占领涞阳城的第二年,十九岁的兰心昭被任命为涞阳釜山游击队政委。因为她是本地人,对涞阳城较为熟悉,所以她不仅与队长一起指挥部队打仗,而且经常入城传递情报,侦察敌情。

　　入城前,她自然要乔装打扮一番。有时她扮做农妇,有时变成乞丐。甚至有一次她还剃掉一头浓密的秀发装成尼姑。扮乞丐时,她经常把一件肮脏不堪的"虱子袄"穿在身上。一个大户人家的千金小姐能做到这一点,很是令人们敬佩。

　　1942年初夏,日本鬼子的"五一"大扫荡即将开始,涞阳城的鬼子陡然增至八百人,并运来一大批武器弹药,企图对我涞阳抗日武装进行疯狂大围剿。为摸清敌情,兰心昭再次入城,到"平记烧饼铺"取情报。"平记烧饼铺"是我们的一个地下情报站,老板平三,是这个站的站长。

　　兰心昭将自己打扮成农妇,胳膊上挎一只柳条篮子,一大早便往城中走去。快到城门口了,见鬼子哨兵对来往行人盘查得很紧,心昭提高了警惕。这时她发现路边有一个女乞丐,怀抱着一个吃奶的孩子,地上还坐着一个拖鼻涕的六七岁男孩,于是灵机一动,上前朝丐婆说:"你在这里等着,我给娃娃买吃的去!"丐婆忙不迭地点头。兰心昭抱着拖鼻涕的男孩进了城,绕了几个胡同,见后面没有尾巴,才放心拐到"平记烧饼铺"。胖胖的平三老板正忙着招呼客人。二人彼此交换下眼色,便很快把目光挪开。心昭递过钱,平三麻利地找过零钱,压低声音说:"十万火急。"而后递过两个烧饼。心昭把一个烧饼放到小男孩手中,小男孩狼吞虎咽吃起来。吃完,还要另一个,心昭说:"乖乖,等一会儿给你吃。"她抱着孩子走到僻静处,从零钱中迅速取出一张小纸条塞入烧饼中间。兰心昭指着烧饼对小男孩说:"只能一小口一小口吃,不许吃完,要不阿姨打屁股。"小男孩望着烧饼似懂非懂地点点头,接过烧饼果真一小口一小口地咬……城门口的哨兵对行人搜查得依旧很严格,很快城门口便排起了长队。小男孩的烧饼随着时间的流逝一小口一小口地减少着,眼看快要咬到"中心"了,心昭想把烧饼拿回来,孩子却死死抓住烧饼不放,还"哇哇"大哭起来。哭声立即引起鬼子的注意,一个日本兵拎着大枪就要朝这边走过来,心昭怕惹麻烦,赶忙松开手,小男孩生怕再有人抢烧饼,三口两口便把它填进了肚皮……

　　出了城,兰心昭气得直跺脚。她让男孩张开嘴,嘴中除了烧饼渣什么都没有。她急得掉出了眼泪。十万火急的情

生命的绝唱

报没了。她和平三属单线联系，平三与他的上线也是单线联系，平三烧饼铺只是情报中转站，平三得到的情报是密封的，平三无权拆看。即使兰心昭此时再回一趟烧饼铺，也根本不能从平三口中打探出情报的内容。兰心昭越想越气，索性照着孩子的屁股打了两巴掌。

兰心昭决定还是先回釜山。她找到女乞丐，把孩子还给她，又从身上摸出仅有的一块洋钱递到她手中。兰心昭用手指轻点着小男孩的脑门，重重地叹口气。自此，兰心昭处于一种深深的自责之中，她认为正是由于自己的失误而未取回情报，给革命带来无法弥补的损失。

第二天，入城执行任务的游击队员们又带回一个不幸的消息——平三老板失踪，烧饼铺被鬼子查封。兰心昭更为难过，她断定平三老板是被鬼子秘密逮捕了，也许是自己取情报时露出了破绽，连累了同志。唉！情报未取回，还……兰心昭心如刀绞，蒙着被子竟大哭起来。

兰心昭与队长商议，要去趟县城打探平三站长的下落，并设法营救他。队长认为烧饼铺刚出事，县城环境会更加险恶，提出缓一缓。但兰心昭救人心切，执意要去。队长无奈，只好应允。兰心昭连夜上了路。队长不放心，便派两名游击队员暗中保护她。

这次进城，兰心昭就再也没回来。据突围出来的两个游击队员哭诉，她是在宪兵队门口被特务们盯上的，三人与敌人交了火。当时兰心昭腿部中弹，为不连累同志，在打死两名鬼子后，女政委把最后一粒子弹留给了自己。

153

1945年，涞阳县城光复。从抓来的一名汉奸口中，游击队员们听到了一个令他们目瞪口呆的消息——平三是叛徒。

二十天后，叛徒平三被从天津"挖"出来。平三供认：兰政委取走的情报是日本人伪造的，上面说鬼子一个小队于18日拂晓路过狐狸岭，涞阳特委指示釜山游击队集中优势兵力打伏击。其实，鬼子的重兵早已在狐狸岭布下口袋，专等游击队来钻……

据平三交代，18日早晨，几个日本兵踹开大门闯进他家院子。他感到不妙，便跳窗藏在了厕所里。日本人没抓住他，便封了铺子。他东躲西藏了三天，后来才探听到狐狸岭那天并没打仗。日本人白忙活了一场，对他产生了怀疑，便来抓他。他吓坏了，于是逃到了天津。

兰政委的一次"失误"却使釜山游击队免遭了灭顶之灾。

想起女政委的冤死，同志们个个泪流满面。

生命的绝唱

智　胜

　　涞阳西关吴家，为诗礼世族，连着几辈出了几十个举人和秀才。这辈的吴家掌门人叫吴海集，满腹经纶，中过秀才，但准备考举人的时候，科举制废除了，失去了继续进取的机会。吴海集不仅学问好，而且还是一位颇有声望的书法大家，行、草、隶、篆俱精。笔法跌宕自然，肉丰骨劲。代表作有《釜山霭云赋》《石圭洞天赋》，"两赋"字形宽厚丰腴，力道凝聚收敛在筋骨中，实为精品。

　　吴海集六十岁这年，被选为涞阳商会会长。不久，日本人占了涞阳城。商会会长自然称得上社会名流，吴海集素有爱国之心，生怕被日本人利用，欲辞其职。商家们苦苦劝阻，吴海集一想，既然会长一职成了"烫手山芋"，推给别人也就显得不仗义，只好继续当下去。

　　驻涞阳城的日军指挥官是位大佐，叫黑川，竟也爱好书法。黑川出生在日本横滨，其家族也是望族。黑川的祖父和父亲都研究中国书法，黑川自小临摹"二王"的帖子，书法技艺确也不俗。每占领一地，黑川都要"以文会友"，给地方上的文人墨客们送去自己的"墨宝"，并向对方索字。那些文人们却极少把自己的得意之作给黑川，原因有二，一是不愿把自己的"精品"送给敌寇，二是不敢技压黑川，怕惹来杀身之祸。黑川却不知这些，每拿到一副书法，看后便摇头，傲慢地把条幅揉成一团，用来擦鼻涕。

黑川来后不久，便闻吴海集大名，很想见识一下。正好，这个月初九是吴海集生日，黑川闻讯，便提前叫人捎来口信，说到时去拜寿，顺便领教一下吴会长的书法技艺。

初九这天晚上，吴宅张灯结彩。宾客如云而至，吴海集笑脸相迎。庭院里摆了几十桌酒席，客人们团团坐定，这时黑川带着几个小鬼子到了。

人们见了鬼子，表情各异，有的愤怒，有的惶恐。吴海集则显得不卑不亢，表情肃然。众人落座，吴海集站直身子，先朝众人说了些感谢话，接着礼节性地把黑川介绍给大家。黑川站起身，说了几句半生不熟的中国话，意思是今日给吴会长祝寿，特书写一条幅作为寿礼。说着打开条幅。那上面写着"日中亲善"四个字。黑川把条幅朝众人缓缓晃了半个圈后递给吴海集，脸上露出得意之色，说："也请吴会长赐墨宝。"吴海集瞥一眼条幅，说："老朽涂鸦之作，实在不敢献丑。不过，恭敬不如从命。"吴海集喊一声："抬我书案！"四个家人抬过书案。那书案大概是新打制的，簇新，未上漆，露着白碴。又有人随即端来笔墨纸砚。案上并不铺毡子，只直接把宣纸

生命的绝唱

铺就，镇尺压好。吴海集正要拿笔，忽然有人喊道："爹爹且慢。"门帘一挑，一个十五六岁的女孩从房中走出来。

女孩叫敏媛，是吴海集的爱女。吴海集门丁不旺，年逾不惑膝下方添一女。这女孩子长得不甚漂亮，却冰雪聪明，吴家老两口视之为掌上明珠。敏媛很小的时候，吴海集便亲传家学，倾心教授女儿书法。敏媛也练了一手好字。

吴小姐一甩辫子，朝吴海集说："今天是爹爹的生日，哪能劳累您！还是让小女替爹爹写一幅吧。"吴海集想了想，扭头对黑川说："大佐阁下，如何？"黑川惊讶地望望眼前的女孩，迟疑片刻，点了头，说声"呦西"。

吴敏媛双眉微蹙，挽衣袖，提狼毫，饱蘸墨汁。她轻盈落笔，驱笔则如疾风骤雨。几个客人顾忌地望眼黑川，犹豫一下，终究还是走了过来，接着就又有好多客人围了上来。大家的目光追逐着飞动流转的笔锋，和敏媛一样融进艺术的氛围之中。"怒发冲冠，凭栏处……"随着笔锋行云流水般的转折、挑踢，岳元帅的《满江红》闪耀出铁色光芒。写罢落笔，吴小姐额头已浸出点点汗珠。黑川上前一步，又认真端详那墨宝好半天，望望吴敏媛，表情竟有些复杂。吴海集小心翼翼地"揭下"那宣纸，书案竟被那"力透纸背"的墨宝染得斑斑点点。吴会长伸出手，喊道："拿刨子，我看这丫头有没有长进。"一个家人跑过来递上刨子。吴海集把刨子贴在桌面上，"噗噗噗"连刨几下，染着斑斑墨迹的刨花飞舞，桌面被刨出了一个半指厚的凹槽，槽底墨迹仍在。众人屏气良久，最按捺不住兴奋，压着嗓子小声叫起好来。

黑川已看出吴海集是有意卖弄，扫自己面子，但毕竟是以文会友，虽然被"镇"，也不好发作，"哼"一声，尴尬地走了。

众人围了吴海集父女，齐夸吴敏媛，说："柔弱女子，竟有力透纸背的腕力！"啧啧声一片。吴海集与女儿交换一下眼色，欲言又止。

吴海集乘兴豪饮。酒越喝心情越激动，想起刚才的一幕，畅快至极，一时把持不住，腾地起身，喊声："把那案子翻过来。"吴敏媛说声"不可"，想上去阻拦，但家人已把书案翻成底朝天。众人发现，那案板的底部满是斑斑墨迹。

吴海集指着案板说："一管墨汁，能有多大量？能染半指厚？书家腕力再大，把桌面表层染些墨迹，使纸张与桌面粘连在一起已是令人惊叹。再说，真要染进半指，宣纸早被戳烂了！"

众人不解。

吴海集打个嗝，得意一笑，说："那墨迹是我们用特殊的方法提前'洇'进去的。"众人个个大眼瞪小眼。

"我曾看过黑川的字，说心理话，从艺术的角度看，功力确是不浅，和小女在伯仲之间。虽是书法较量，却也关乎民族大义。多亏了我这聪明丫头，竟想出了这么个高招。"此时，吴海集一改醉态，酒杯一举，朗声道，"他小日本要灭咱中国，咱先灭他威风。'智胜'，也是胜利啊！"

掌声和喝彩声如浪似潮。

吴氏父女"智胜"黑川的消息长了翅膀般传开来，令涞阳民众精神振奋。

只是没多久，吴海集被人打了黑枪。

生命的绝唱

娃娃班长

娃娃班长的名字叫张跟儿。

那年,三班长薛老八跟连长带人去镇上抓丁,上司给了三十个名额,抓到二十九个就找不出人了。二十九个壮丁被绳子拴了一溜压着往兵营走,连长和薛老八边走边吃花生,一个十来岁的小乞丐就一直跟着他们咽口水。薛老八也是个穷苦出身,心一热,便掏出几颗花生给他。孩子吃完了,还跟在薛老八屁股后边,老八就又掏出几颗给他……最后老八的花生吃完了,也到了兵营。老八一掐小乞丐的脖子嘻嘻笑着说:"小子,你是诚心来凑数!"

小乞丐张跟儿就成了国军的一个兵。

张跟儿被分到薛老八的三班。当然,他就成了三班最小的兵。薛老八问他爹妈在哪?他说爹妈被鬼子的飞机炸死了。老八说:"心里有仇恨呢,长大一准成个好兵。"

三班装备不错,一水崭新的汉阳造。老八却只分给张跟儿一支小马枪和四颗子弹。老八说:"大枪你也扛不动,你是给我们凑数的,没指望你打仗。"

一个弟兄说:"班长,就让这小子伺候你,给你当勤务兵。"老八说:"屁话,没听说班长还带勤务兵的。"

不过张跟儿却成了大伙的勤务兵。有人说跟儿给老子捶捶背,张跟儿就去给那个兵捶背。说跟儿给老子点烟,张跟儿就去点烟。大伙对张跟儿也好,有好吃的尽让着他。薛老八对他说:"大伙把你当儿子养。"一次打仗,一个大个子兵说:"小子,钻到我裤裆里,枪子不长眼。"说着就硬把他拉过来按在裤裆下。仗打完了,张跟儿从大个子兵身下钻出来。大个子兵说我看看你尿裤子了没。张跟儿嘻嘻笑着说我没尿裤子,可我闻到了你裤裆里的尿臊味。

不久,又一次战斗打响。这次,张跟儿说什么也不让别人保护,和弟兄们一样打鬼子。张跟儿个子矮,战壕高,他便搬来几块石头垫在脚下。仗打得凶,日本鬼子成片成片地倒下,国军也伤亡惨重。打到最后,国军惨胜。老八晃晃脑袋喊道:"三班集合。"却无人答应。薛老八在战壕里挨个找自己的兵,翻了半天,竟没一个出气的。老八掉了泪,捶胸顿足地喊一句:"三班完了。"这时忽然有人喊:"张跟儿报到。"老八寻声音一看,就见土里拱出一人。老八疯了般跑过去,用衣袖把那人的脏脸擦一下,脸对脸看了半天,叫一声"跟儿",一把搂住,二人大哭。

不久,上司就给三班补充了新兵。张跟儿也就成了三班最老的兵。

生命的绝唱

"老兵"张跟儿打仗很勇敢。有次战斗,他一口气打完枪里的所有子弹,又朝鬼子扔了三箱手榴弹。薛老八高兴地说你小子天生是个打仗的料儿。三年后,张跟儿十三四岁了,长成了半大小子。小马枪也换成了汉阳造。仗打得也越来越有经验。一次和鬼子打"白刃战",他提前在兜里装把土,见一个老鬼子冲过来,假装吓得打哆嗦。老鬼子见他是个娃娃又胆小,放松警惕,想玩猫戏老鼠,喊声"呦西",枪交单手,朝张跟儿招手,这时候张跟儿却掏出土扬在鬼子脸上,接着呐喊一声,一刺刀就捅在了鬼子肚子上……没多久,三班的弟兄又换了一茬,跟儿命大,仍活得好好的。资历越来越老,就慢慢学会了摆谱,说给老子捶捶背,就有人给捶背。说给老子点烟,就有人给点烟。行军时,便要弟兄们轮流背着他,毕竟是老兵,又有薛老八撑腰,再不服,也得弯腰,让他趴上去呼呼睡觉。

寒暑交替,张跟儿一天天长大,变得少年老成。打起仗来凶猛得如同小老虎,他紧握汉阳造,恶恶地瞪着两只眼,但等鬼子靠近才搂火,一枪一个准儿。有次弟兄们问张跟儿打死了多少鬼子。张跟儿举起双手叉开五指晃晃,又"啪啪"甩掉两只鞋子往地上一躺,脚趾头也叉开,说:手指头,脚趾头,加起来,数吧。

不久张跟儿被破格提拔为班长,薛老八也荣升为排长。十四岁的张跟儿就成了国军队伍里年龄最小的班长。团长还特别给他发了一把驳壳枪,张跟儿成了唯一挎盒子枪的班长。那盒子枪套是木头做的,个很大,往他腰上一挎能耷拉到小腿肚子上，走起来"夸夸"响，很威风也很滑稽。

这年秋天，部队开始攻打涞阳城。三班担任突击任务。激战一天，拿下城池。张跟儿他们直取日军司令部，全歼那里的守敌。张跟儿和弟兄们扑进鬼子指挥部，见地下几具鬼子的尸体，又见床上蜷缩着一个穿和服的浑身颤抖的日本女人。弟兄们一看就来了兴致，一个弟兄说鬼子糟蹋了咱们那么多姐妹，咱也玩玩日本娘们儿。大伙都叫好，说还是班长先来吧。这娘们儿有福，咱班长还是童子身呢。也不容跟儿说话。俩弟兄架起他就塞到女人怀里，然后大家嘻嘻大笑摔门而出，说班长害羞呢，咱外边候着。

大伙站在门外兴奋地讲着荤话，几个兵把耳朵贴在窗户上听动静，却总也听不到他们期待的那种声音。过了会儿，有人说别出什么事。朝里喊一句："班长，舒服不？"却无人答话。几人交换一下眼色，推开房门冲了进去。大伙一看眼前的情景，都惊呆了——

只见张班长静静地依偎在那女人的怀里，那女人却是衣衫齐整。张班长一只手伸进了女人的胸部，嘴里喃喃地喊着一句话："妈妈——"

娃娃班长躺在"妈妈"的怀里睡着了。

生命的绝唱

标　语

日本人占领涞阳城这年，妞子正在涞阳一小读书。与涞阳一小一墙之隔的是涞阳女子师范学校。妞子她们常能听到从墙那边传来的关于大姐姐们的消息，比如大姐姐们又编演了文明剧准备到前线慰问演出；再比如又有几位大姐姐偷偷去了延安参加了八路军……大姐姐们干得最多的便是散传单、贴标语，大街上那些"打倒日本帝国主义"的标语好多都是大姐姐们贴的。

妞子也想去贴标语。妞子有这个想法不仅是受大姐姐们的感染，而且还有一个原因是向自己的哥哥和姐姐学习，用爹的话说就是"为国家效力"。

妞子有一哥一姐。哥在八路军老九团当连长，眼下正在前线和鬼子打仗。姐大学毕业后去了延安，在抗大当教师。提起这一儿一女，妞子爹娘便满脸骄傲。爹还时常摸着妞子的头说："你就知道玩，啥时候也能像你哥哥和姐姐那样为国家效力？"提起哥哥和姐姐，妞子羡慕得要死。

　　有了贴标语的想法后，妞子怀里便揣上了小兔子。这小兔子在心里挠腾了几天后，妞子下定了决心。当然这件事要瞒着爹娘，爹娘知道了一准儿担心。

　　吃罢晚饭，妞子早早回到了自己房间，草草做完功课后隔窗偷偷望望爹娘，便铺开纸张，开始写标语。她身板挺直，一笔一画在纸上写上"打倒日本帝国主义"。字迹虽然歪扭，但却清晰可辨，妞子很满意。待墨迹晾干了便把标语叠好藏进书包。接下来妞子熄灯上床假装睡觉，单等爹娘睡熟后行动。妞子躺在床上，一会儿眼皮就开始打架了，但妞子硬是坚持着，不让眼皮合上。这时爹娘的房间灯熄了，又过一会儿传来爹的鼾声。妞子揉揉眼，翻身起床，拿出标语揣在怀里，蹑手蹑脚走出房间。她先是到了厨房，舀了勺面粉，开始在火上偷偷熬糨糊。几分钟后，她把熬好的糨糊盛进小洋铁桶里，又把厨房收拾干净。妞子拎起糨糊，按按怀中的标语，走出厨房。为了给自己壮胆，她把家中的小花狗带上跟自己做伴，小花狗欢天喜地地摇着尾巴，一个劲嗅那洋铁桶。妞子带着小花狗走到了大门口，却又不敢开门了。天黑得很，又起了风，树叶哗哗抖动着，妞子害怕了，心跳到了嗓子眼，她想起了鬼，鼻子一酸，眼泪开始在眼眶里打转。妞子浑身哆嗦着回了自己房内。

　　妞子决定天亮了再行动。因为心中有事，觉睡不踏实，天一蒙蒙亮，妞子便起了床。她悄悄穿好衣服，把标语重新揣进怀里，可一看洋铁桶，发现昨晚熬的糨糊干了，便又偷偷跑

生命的绝唱

回厨房重新熬了糨糊。妞子拎上糨糊带上小花狗出了门。

妞子先把大门开了条缝，见四下无人，便出门一溜小跑到电线杆子前，她麻利地把糨糊厚厚地涂在上面，把那标语捋展后贴上。接着妞子又望下四周，带着小花狗撒脚丫便往回跑。

天大亮，妞子背了书包去上学。到大街上看到刚贴好的标语，妞子很是得意，走几步便忍不住回头望一眼……再回头，妞子发现一个年纪跟她差不多的小乞丐朝电线杆子走去。妞子想：小乞丐也认得字？小乞丐望一眼电线杆子，"嗞啦"便把标语撕了，接着用手指刮下尚未干透的糨糊往嘴里塞……妞子张大了嘴。

转天，妞子就又写了份标语，但那小乞丐似乎吃糨糊上了瘾，就又撕了那标语。

妞子气急了，但妞子又想，这小乞丐恐怕是饿坏了，妞子就想了个两全齐美的招儿。

妞子第三次贴标语，特意多熬了些糨糊，然后叠了个纸船，把多余的糨糊倒进纸船里。贴上标语后，她把装满糨糊的纸船放在标语下面。妞子想，小乞丐吃了船里的糨糊，自然就不撕标语了……

但让妞子意想不到的是，那标语又被撕了，糨糊依旧被吃了个干干净净，纸船里的糨糊也没了。妞子气坏了，直骂小乞丐是汉奸，但气归气，妞子最终还是原谅了小乞丐。妞子觉得那纸船里糨糊肯定是放得少，不够小乞丐吃，小乞丐才又撕标语吃电线杆子上的糨糊。这一次又贴标语，妞子就把那纸船叠大了些，多装进些糨糊。

妞子偷偷躲在大门后等小乞丐来，等了一会儿却不见人影。这时爹娘该起床了，妞子怕爹娘发现，忙跑回自己房内。

妞子洗完脸，仍不放心那标语，便假装上厕所又跑到大门口观望。妞子顺门缝往外一看，不禁瞪圆了眼睛——那只小花狗正在津津有味地吃着纸船里的糨糊。吃完糨糊的小花狗"吧嗒"一下嘴，望一眼从远处正朝这边急急走来的小乞丐，"汪"一声跑过来，顺着狗洞"刺溜"钻回了院子。

妞子"哇"地哭出了声。

那一年，妞子八岁。

生命的绝唱

刺 杀

那天闷热，财主周小眼家熬了一锅绿豆汤解暑。一家人正准备喝，忽然街上传来锣响。急促的锣声夹杂着王二炮的叫喊："乡亲们快跑啊，鬼子来了——"一家人吓得惊叫起来。周小眼跑出屋爬上墙头，看见王二炮"咣咣"敲着锣慌慌张张朝他家的方向跑过来，周小眼正想问问他鬼子到哪儿了，却听见"叭"的一声枪响，王二炮一个踉跄栽倒，那铜锣"咣当"摔在地上。周小眼揉揉转筋的腿肚子，跌跌撞撞跑回了屋，把老婆孩子扯进地窖里。他搬了块青石板盖在窖口上，又抱了几捆玉米秸铺在上面。接着他打算把自己也藏起来，却找不到藏身的地方，急得陀螺般围着院子团团转。

"哐"一声，大门被踹开，一个端大枪的鬼子兵闯了进来，鬼子还拿着火把，进院便开始点他的房子。周小眼是财主，他的房子青砖大瓦，不如那些茅草房好点，而且鬼子的火把快燃尽了，点了半天才着了一角屋檐，转眼火又灭了。

鬼子恼怒地给他屁股一枪托，喊道："花姑娘的有？"周小眼语无伦次地回答："花姑娘的……没有……绿豆汤的……有。"说着战战兢兢地引鬼子进了屋。看见桌上的绿豆汤，鬼子端起碗来"咕嘟咕嘟"连喝了两大碗。鬼子指指锅，对周小眼说："多多地。"又指指屋外。周小眼壮着胆子问："你要我多熬些汤？你们的人都想喝？"鬼子似懂非懂地点点头。接着又朝他瞪瞪眼睛，出了他家大门。

鬼子虽然走了，但鬼子的话小眼不敢不听，生怕他们再回来找麻烦。他赶忙抱柴禾烧火，又熬了锅绿豆汤。他把汤盛进两个木桶，用扁担挑着走出大门，他又看到了王二炮的尸体，旁边的铜锣上粘了一层浓稠的血迹。周小眼惊恐地望着四周，见家家户户的房子都冒着黑烟。几个忙着救火的乡亲望着他和那两桶绿豆汤都露出了惊愕的目光。

周小眼挑着木桶晃晃荡荡奔了村西的老槐树，见十几个鬼子兵正在吃饭，铁饭盒子搅得"哐哐"响。周小眼拎着桶挨个给鬼子兵的饭盒里倒上汤，"咕嘟咕嘟"的喝汤声响成一片。

从此，乡亲们便把周小眼看成了汉奸，谁见他谁吐唾沫。

周小眼一肚子委屈。他逮谁跟谁说："刀架在脖子上，不送汤，命没了……我那房结实，日本人不是不想烧，是点不着！"

没人相信，这世上还有点不着的房子？有绿豆汤喝那是多美的事，日本人能不来？再说送绿豆汤时并没有鬼子用刺刀在后面逼着他，是他自己情愿送的。有人干脆说这日本鬼子就是周小眼引来的。要不干吗那么殷勤地款待他们？唾沫

生命的绝唱

星子越来越多。

周小眼害了怕。他知道当汉奸不会有什么好下场。邻村就出过一个给日本人送情报的汉奸,黑夜被八路军武工队"崩"在了被窝里。他越想越害怕,白天黑夜不敢出门,饭量越来越小,吃什么都恶心,最后竟病了,迷迷糊糊发高烧,脑袋瓜子一会儿清楚一会儿糊涂,还吐酸水,一连五六天下不来炕。他老婆去请郎中,郎中不来,说不侍候汉奸。小眼这时想起自己的表舅爷,表舅爷也得过这样的病,两个月便死了。周小眼让老婆把佟瞎子请来,给自己算一卦,断断凶吉,周小眼信服佟瞎子。

佟瞎子要了小眼的生辰八字,掐着手指头嘟囔了半天,最后翻着白眼,伸出两个手指头:"俩月。"

走出周小眼家大门,佟瞎子恨恨地骂一声:"我咒死你个汉奸。"

周小眼哭了。哭了两天后他开始琢磨一件事,小眼想,横竖是死,不如杀个日本人,这样兴许能把汉奸的帽子摘喽。这想法令小眼很激动。这一激动病就好了许多。过了两天,小眼下了炕,但依旧吐酸水。他又想起表舅爷,表舅爷的病也是时坏时好,但最终还是死了。小眼断定自己肯定会死,这日本鬼子就必须要杀。

周小眼背着老婆,怀里揣了把刀子朝涞阳城走去。他边走边给自己打气:要死的人了,怕什么!

涞阳城门口站了两个日本哨兵,小眼见了,心便有些跳了。再往前走,腿就有些发虚。小眼按按怀中的刀子,默念

社会万花筒之中国微小说系列丛书

一声:"要死的人了,怕什么!"但腿依旧发虚,接着腿肚子转筋的老毛病又犯了。终于挨到了城门口,见了鬼子明晃晃的刺刀,小眼却吓得闭了眼,鬼子朝他喊道:"什么的干活?"小眼结结巴巴地说:"我去买……葱。"

回家的路上,周小眼连连扇自己嘴巴子。他觉得刺杀行动没有成功,是由于自己胆量不够。为了锻炼自己,他扎了个稻草人,让老婆照着鬼子军装的样式缝了件黄褂子套在稻草人身上。他白天把稻草人藏在地窖里,晚上拎出来用刀刺。刺得大汗淋漓。半个月后,黄军装已被他刺得稀烂。小眼觉得火候差不多了,便重又鼓起劲儿,大步流星向县城进发。

然而周小眼做梦也没想到,这天刚好是1945年8月15日,日本鬼子投降了。看到那些被缴了械的鬼子兵,小眼双目喷火,拔出刀子就往前冲,却被一位八路军战士按住了手。小眼急切地问:"怎么,日本鬼子不该杀么?"八路军说:"大叔,他们投降了,是俘虏,就不能杀。"便没收了周小眼的刀。

第二天,鬼子投降的消息传到了周小眼他们村。乡亲们乐够后擂响了周小眼家大门。领头的是王二炮的爹。乡亲们瞪着眼睛朝他逼近。小眼赶忙跑到地窖里,搬出那个被刺得稀烂的"日本鬼子"让大家看……

两个多月了,周小眼还没死。他去找佟瞎子,佟瞎子爱理不理地说他那一卦没算准。周小眼苦笑着将一叠钱塞到瞎子手里,说:"这样好,你要不说我会死,我怎会下定决心去杀日本人。没那稻草人顶着,我这汉奸算当定了。"

回到家,周小眼搂着那"日本鬼子"哭了一场。

生命的绝唱

花葫芦

花葫芦是涞阳仙坡一带的大土匪。他姓花名山宝,因天生是个秃子,脑壳不长一根毛发,远看近看都像一只立了秋的葫芦,人们便送他"花葫芦"的外号。花葫芦枪法准,为了显示自己的能耐,他故意把自己那柄短枪的准星锉掉,百米开外打活物儿仍是一撮一个准儿,便又有"神枪花葫芦"之称。

仗着枪法好,花葫芦气候越来越旺,后来又兼并了仙坡一带大小七股土匪,便立地做成了"草头王",黑白两道都怵他一头。

1937年,八路军老九团挺进涞阳,为了壮大抗日力量,九团想争取花葫芦加入抗日队伍。这天,正逢花葫芦他老爹七十大寿,九团首长便派七连长张八喜以拜寿为名去仙坡说服花葫芦。张八喜能文能武,而且也是个"神枪手"。

八喜连长带领一名通讯员直奔仙坡。

社会万花筒之中国微小说系列丛书

　　到了仙坡地界，见四周寂静无人，张连长喊一声："出来，带我去见花大王。"便有一干人"忽"地从草丛中跃出，先是下了两人的枪，接着将两人往山上领。

　　未到山门，便听见鼓乐喧闹之声。进了山门，大小土匪全都放下活计围了上来。张连长环顾四周，见这匪巢高墙大院明楼暗堡，很是有一片天地。见了花葫芦和花老太爷，七连长一抱拳自报家门："本人姓张名八喜，是共产党八路军，今日特来给老太爷拜寿。"花葫芦眼珠子滴溜溜转了几转，便请张连长落了座。

　　酒席宴上，八喜连长渐渐切入正题宣传抗日，花葫芦听了一会儿，"咕嘟"灌口酒，说："加入八路有什么好处？"张连长说："打鬼子保家乡过舒服日子！"花葫芦不说话，过一会儿皱皱眉对手下说："怎会有苍蝇？"手下便递过他的枪，花葫芦朝空中甩手便一枪，手下忙跑过去，从地上捏起一只苍蝇说："大哥，还是个母儿。"众匪大呼："大哥神枪啊！"张连长要过花葫芦的枪，赞道："好枪！可惜我的枪没在手上，要不正好是一对儿。"花葫芦一拍脑门："快还客人的枪。"手下把张连长的枪拿过来，"花葫芦"一看，便愣了一下，这枪竟也没有准星。张连长掂掂两把枪说："给老爷子拜寿，怎能没寿礼？"说着望一眼通讯员，通讯员便从桌上的钱匣子中抓一把钱票儿"刷"地扬上天，但见张连长"腾"地站起身，双枪爆豆子般一阵点射，钱票儿便被弹风裹夹着像一只只花蝴蝶"扑啦啦"朝影壁"钉"去，枪声旋即停止，影壁上竟多了个钱票儿组成的

生命的绝唱

"寿"字。众匪惊得吐出了舌头，好半天才喝出彩来。张连长说："我这寿礼是现做现送，献丑了！"花葫芦沉思半晌说："张连长神勇，不过刚才你说的事我还要合计合计。"张连长便告辞。

其实，惦记花葫芦的还有日本人。这时候，日本人刚刚占了涞阳县城，鬼子也想拉拢这股势力，就在张连长走后没几天，鬼子中队长佐木便派人来找花葫芦。来人见了花葫芦，先是送上三千大洋，又许以高官厚禄，但花葫芦说"这时局拿不准"，没立马答应。来人回去向佐木一报告，佐木便派人寻机把在仙坡镇看大戏的花老太爷绑架了。花葫芦是个大孝子，老爹被人绑了票儿，正心急如焚，这时佐木派人来传信，花葫芦便去了涞阳县城日军指挥部。见了花葫芦，佐木说："皇军大大地赏识你。"花葫芦说："只要放了我爹，一切都好说。"佐木便叫人拉过一个被俘的八路军战士。佐木把自己的"王八盒子"递给花葫芦，花葫芦说："我跟八路军无冤仇。"佐木呼哨一声，两只大狼狗便扑向被俘战士，随即便是一阵惨叫。佐木说："反正都是死。"花葫芦便举起枪把八路军战士打死了。

花葫芦手上沾了八路军的血，便做了汉奸。佐木封他当了警备大队长。开始花葫芦多少还有些中国人的良心，知道给日本人做事是为虎作伥。不过，久在"狼窝"，"狼性"自然会浓。佐木对花葫芦极为看中，金钱美女花天酒地任他玩乐，花葫芦便很是对鬼子感恩戴德，那打家劫舍的土匪脾性越发显露出来，于是一心一意做起日本人的走狗来，打仗冲锋总是一马当先，杀害了我不少抗日战士。佐木一高兴，便把自己的大洋马给了他，花葫芦快枪快马更加有恃无恐。

这年秋天，日军调集了三千重兵对溧阳进行大扫荡。这天，老九团与鬼子打了一场遭遇战，老九团寡不敌众，团长命七连掩护大部队转移。七连长张八喜奉命带十八位战士死守鸭蛋岭，把佐木和花葫芦的日伪军打得哭爹叫娘。最后，由于弹尽粮绝，除张连长被俘外，其余战士全部牺牲。

花葫芦望着被俘的张连长说："怪不得我手下的弟兄死那么多，原来遇上了你。"张连长说："我要是还有子弹，你们死得更多。"花葫芦亲自给张连长上了绑，而后与两个日本兵一起押张连长回城。

天黑时，他们走到一片玉米地。张连长一直在暗中使劲挣脱绳子，这时他忽然感到绳子有些松动，再一使劲，绳子便脱落了。张连长猛地把一个鬼子撞倒后飞也似地跑进玉米地。鬼子要追，花葫芦说："天黑，有埋伏。"说着朝张连长跑的方向"叭"地一枪，而后吹着枪口，乜斜着眼说："太君信不过我的枪法吗？"

第二天，佐木亲自带人与花葫芦一道去了那片玉米地，见地上有几滴血迹，花葫芦说："八路收了尸，这小子，贼瘦，血也不多。"

1945年秋天，日本鬼子投降，花葫芦被俘获，溧阳县民主政府成立。民主政府下设了公安局，张八喜当了首任公安局长。由于当时没有设法院，公安局就兼具了法院的职能。几天后，民主政府枪决花葫芦。张八喜局长宣读了花葫

生命的绝唱

芦的罪状和枪决令。花葫芦说:"我有话要说。"八喜局长走到他跟前。花葫芦说:"你那左耳朵还痛吗?"八喜摸摸被子弹洞穿的左耳:"我知道你那次是有意救我,可那不能抵你一生罪恶。"花葫芦叹道:"我后悔没听你的话加入八路……我放你一马,那是英雄惜英雄,咱俩都是神枪,再说我这也是替自己着想。"八喜问:"怎个替自己着想?"花葫芦说:"我不想委屈了我这颗秃头,我是神枪,得死在神枪手上,只有张八喜能成全我。"八喜说:"行。"花葫芦说:"上次你'钉钱票儿'的功夫很了得,还有绝活吗?让老花再开开眼。"八喜局长便要过一杆大枪,像挑水一样横担在双肩上,而后转过身背对着花葫芦高声喊道:"你看着——二郎担山。"说着偏身拧枪,"叭"地一声脆响,花葫芦那个"好"字刚喊出一半,脑袋便开了花。

官帽核桃

麻核桃，又称耍核桃。其外壳坚硬，纹理起伏变化丰富，既可制成工艺品供人欣赏，也可玩于手掌舒筋活血以健身。当时有民谣说：核桃不离手，能活八十九，超过乾隆爷，阎王叫不走。

涞阳就是麻核桃的一个重要产区。

涞阳麻核桃的品种主要有公子帽、官帽、狮子头、虎头、鸡心等。从明朝中叶开始，涞阳麻核桃开始进入宫廷。到了清朝，向朝廷进贡的更多。乾隆爷是个玩核桃的专家，他手中就曾玩过一对涞阳进贡的"狮子头"。据说乾隆还专门为涞阳麻核桃作了首诗："掌上旋日月，时光欲倒流。周身气血涌，何年是白头！"涞阳麻核桃吸引了八方商贾。每年收获之时，各地商贾纷纷到涞阳进货，麻核桃经他们倒手，身价倍增。那些走仕途的人把麻核桃当成向上攀爬的敲门砖，不惜重金购买。

生命的绝唱

名气越来越大，买者越来越多，涞阳商会便办起了"麻核桃节"。届时各种麻核桃摆上摊位，商贾们穿梭其间。这当中还要评出一对极品"核桃王"。会长要为主人披红戴花，"核桃王"要被放进红木做成的托盒里，专设柜台展示。最后，几经轮番竞价拍出。

这一年，涞阳新上任一位姓贾的知县，三十来岁。贾知县来后半年，又要办"麻核桃节"。正巧这两天保定知府要来涞阳巡视，贾知县新官上任，一心要给知府大人留个好印象，决心把"麻核桃节"办热闹些，好让上司知道他治县有方。那天，涞阳城净水泼街，麻核桃交易场锣鼓喧天，县城四关的十二道花会特意被请来助兴，热闹得如同过年。半晌午，知府到了县衙。休息一会儿后，知府换了便服由贾知县陪着来到麻核桃交易市场。此时正赶上评选"核桃王"，已精选出两对核桃准备二者取一。这两对核桃一对是"官帽"，一对是"虎头"。两对核桃光亮如鉴，一看便是极品。商会的几位会首有的主张评"虎头"，有的说选"官帽"。正争执不下，知府走上前，看了看那两对宝贝，眼睛一下子放了光，赞叹道："无缺损，无凹陷，无焦面，无阴皮，无树胶，无空尾，的确是好货。"会首们见来了位行家，说："这位客官不妨把玩细看。"知府抓起那对"虎头"眯眼细看后说："桩高，棱宽，点网纹，好货。"又拿起"官帽"说："棱宽且直，尖锐而圆润，也是极品。"会首问："哪个更胜一筹？"知府把两对核桃先后抓在手里喀啦啦转几下，最后托起那对"官帽"说："此品种更为稀少,该是极品中的极品。"

知府又在交易场溜达了半天,却是一副心不在焉的样子,几次又回到刚才的摊位前,一眼眼晃那对核桃。

那对"官帽"果真被评了"核桃王"。

贾知县是个聪明人,回衙后立马吩咐手下:"留下'核桃王'。"

拿到那对核桃,贾知县激动了老半天,他捧着那对宝贝左看右看,嘴里一个劲儿念叨:"'官帽'——官帽,这名字好。"

明天,知府就要打道回府。此时天色已晚,知府大概已经睡下,不好去打搅,贾知县决定明早去送核桃,便把核桃放在书案上,回内室睡了觉。

贾知县是被"劈啪劈啪"声吵醒的。他睁开眼,寻声音走出去,见自己七岁的小儿子正撅着屁股用石头在地上砸核桃,边砸边从碎核桃中找果仁。贾知县脑袋"嗡"一下子,跑回去一看书案,那对"官帽"没了影儿……

生命的绝唱

一笑了之

光绪三年春闱大比,野三坡举人苗挺秀带着书童苗小和全国众多举子一样来到了京城赶考。

苗举人他们住进一家叫"福日升"的客栈。好多举人和苗举人一样,也陆陆续续住进了这家客栈。

这家客栈足有三十几间客房,回字型结构,中间一个大院子,举子们进进出出,脸碰脸,慢慢就熟悉了。

苗举人的书童苗小只有12岁,宽脑门黑眼仁,肉嘟嘟的圆脸蛋儿,乖巧中透着一股憨气,端的是人见人爱。苗举人常夸赞说:"我这童儿,要哪儿有哪儿,若不是那点儿小毛病,千金不换。"

啥毛病?——尿床。

几乎天天晚上,苗小都在褥子上画画。

褥子尿湿了,自然就要晾晒。所以每天太阳一出来,"福日升"大院的晾衣竿上便搭起苗小的尿褥子。

大伙儿就取笑他。也许苗小被取笑习惯了,一点也不觉得不好意思。有个河南举子胡仁爱逗他,指着尿迹说:"苗小啊,这次尿得好,像一只大鹅。"苗小就露出一对小虎牙朝他一笑,做个鬼脸说:"那一会儿我把大鹅挖下来,给老爷烤着吃。"

皆笑。

会试结束。

在等待放榜的几天,举人们心情放松,加之就要离别,就常聚在一起饮酒。

这晚,苗举人和几个举子喝得酩酊大醉,被苗小架着才勉强爬到床上。

第二天,苗小又晒尿褥子。胡举人又来跟他玩笑:"这次画的啥?"他眯缝着眼睛研究半天,说,"不像鸡鸭不像猫狗,这边尖这边圆,这边似是月儿弯,你小子,怎么尿成了俺们县的版图模样?"

不久,发榜,苗举人高中,胡举人落榜。

苗举人在家候补三年,被委了个知县,有谁会想到,竟是胡举人家乡那个县。

春风得意的苗知县马上赴任。途中,苗小仗着胆子对老爷说:"老爷,还是您能耐,您就尿了那么一次床,竟尿出一个县的版图,老爷,要我说,您治理这个县一定是手拿把攥,它只不过是您一泡尿啊!"

半月后,他们赶到任上。很快胡举人便来拜访,苗知县见到故交自然高兴,以后俩人频繁来往。

生命的绝唱

一年后的中秋节,苗知县邀胡举人等几个乡绅一起饮酒赏月。

那晚,大家都多喝了几杯,胡举人又和苗小开起了玩笑:"苗小啊,黑夜还画画不?"他大着舌头对几个乡绅说:"众位有所不知啊,这苗小可不得了,人家一泡尿竟尿成了咱们县的版图模样。"说到这里,他停顿了一下,一拍脑门,似是悟出点什么,说,"哎呀,偏偏苗大人这么巧来这里当父母官,这岂不是说苗大人的知县是你给尿出来的?"其他乡绅都丈二了和尚,见大家没明白,胡举人就又添油加醋地说个仔细。苗小以为是胡举人在夸他能耐,也没多想,就说:"不是不是,我哪有那本事,那是我们老爷尿的。"

众人大眼瞪小眼,苗知县臊红了脸,苗小这才发现自己说错了话,一捂嘴,吓得躲到了旮旯儿。

第二天一大早儿,胡举人便来谢罪。胡举人一揖到底,哭丧着脸说了一大堆好话,就差点伸手扇自己嘴巴子了,苗知县说:"无妨无妨,不就一个玩笑嘛!"

可是,县大老爷一泡尿尿出个知县——这玩笑却传了个沸沸扬扬。

苗知县感到有些不对劲,这虽是笑话,但却显出了一种大不敬。怎么?我们这个县成了你县大老爷的一泡尿?你县太爷的能耐是不是也忒大了。什么事情如果和裤裆搅合在一起,就透露出一种蔑视和下贱。

苗知县忐忑。

越怕什么越来什么。

很快又传出一个消息,说苗知县又尿床了,这次人家尿出了一个河南省版图。

没多久,河南巡抚前来视察。令人没有想到的是,巡抚竟也听到了这个传言,巡抚望着苗知县,半开玩笑半认真地说:"无风不起浪,一准是你平常跋扈,才惹得人们恨你,给你编笑话。"接着话锋一转,说,"你不会取代老夫吧?"苗知县吓得直哆嗦。

巡抚走后,苗知县仍在双腿打颤,接下来便总是琢磨巡抚说的话,就觉得巡抚是话中有话,越琢磨越害怕,不久,苗知县就病了,家人忙请郎中调治,过了半月,好歹缓了过来……但新的传闻又悠悠而来——

知县大老爷又尿出了一个大清国版图。

这时的苗知县才开始怀疑自己是不是走进了一个大阴谋。

生命的绝唱

一把谷糠

　　谷勇敢原来的名字叫谷抄近。到队伍上第二天，就赶上打涞阳城。出发前，才从排长手中接过一杆汉阳造。排长边走边告诉他这枪怎么压子弹怎么拉枪栓什么叫三点一线。打仗的时候，枪却使得比老兵都好。凶神恶煞般恶恶地瞪着一双小眼睛，一路喊杀着往前冲。那次战斗，谷抄近共打死三个鬼子，两个是用子弹消灭的，一个是让他狼一样用嘴咬住脖子咬死的。排长对他说："你小子够勇敢，以后就改名叫谷勇敢吧！"谷抄近就改了名字叫谷勇敢。

　　谷勇敢打仗越来越勇敢，几场大仗打下来，谷勇敢便成了"谷班长"。

　　谷勇敢长得不俊，个子小，脸还黑。没多久，谷勇敢就因为用步枪击落一架鬼子飞机受到军分区首长接见。连长听了这个消息很高兴。见他脸上土呛呛的，就让他用洋香皂洗了脸，脸一干净，显出了本色，连长说："闹半天，土都比你本色白。"

　　谷勇敢是个爆破能手。由于个子小，目标小，再加上机灵，几乎没失过手。那年打榆次城，鬼子的十几挺轻重机枪在城墙上织起了密集的火力网。前边几个爆破手都牺牲了。谷勇敢红了眼，身体紧贴地面，蛇一样从一具具尸体下钻过去，拱着尸体一点点往前挪动。为了迷惑敌人，还不时地装一下死。他最终把牺牲战友丢下的炸药包敛到一块引爆，随着"轰隆"一声巨响，城墙被炸开一个大口子，自己也被碎石黄土埋了一天一夜，等他爬出来回到部队时，正赶上团里给"爆破大王"谷勇敢开追悼会。

　　谷勇敢是我表舅爷。小时候，常见他在自家门楼前坐着马扎吸旱烟，门楣上悬挂着县政府赠他的"人民功臣"牌匾。牌匾大门楼小，显得很不协调。我们常围着他讲战斗故事。有一次我问他："你和董存瑞比，谁能耐？"表舅爷说："能耐还能连自个一块炸死？你表舅爷打了一辈子仗，连根汗毛都没碰着。"我们不服气地说："你一准不敢举着炸药包连自个一起炸。"谷勇敢"嗯嗯"点着头，说："表舅爷不举炸药包。董存瑞个子高，我个头矮，举着炸药包也不够高。"现在想来，这真是一个聪明的回答。

　　咱还说以前。那年的一个夏天，部队在离谷勇敢家二十里的地方休整。谷勇敢请了假回家看老娘。酷暑难耐，走了半天，渴得嗓子冒烟。正好路边有一人家，有个小姑娘正在井边打水浇菜园子。谷勇敢跑过去，一桶冰凉凉的清水正好被姑娘提出井筒。谷勇敢说大妹子我想喝口水。小姑娘说

生命的绝唱

行啊。谷勇敢猫下腰刚要喝。小姑娘忽然想起什么似地说："别喝，你等等。"小姑娘跑回院子，一会儿，手里攥了把东西出来了，把那东西往水桶里一撒，清洌洌的井水上面竟飘起了一层黄色的谷糠。谷勇敢一看，很高兴，他知道这姑娘撒谷糠是怕他大暑天冷不丁喝凉水会伤了脾胃。谷勇敢朝姑娘感激地笑笑，"噗噗"吹吹谷糠，待那谷糠朝四周荡开，才喝。喝两口，那荡开的谷糠慢慢又聚拢过来，就只好"噗噗"再吹几下，小口喝一口，再吹……

喝完，没忘认真多望这位好心肠的姑娘几眼。见小姑娘十五六岁，胸前搭一黝黑的大辫子，辫梢还系一红头绳。姑娘长得高高挑挑、细眉大眼，眉上一美人痣，更增添了几分娇俏。谷勇敢就把小姑娘在心里记下了。

打完小日本和老蒋，谷勇敢全须全尾儿地光荣复原了。

谷勇敢成了我们野三坡这一带功劳顶天的大英雄。很骄傲，也很横，谁都不敢惹他。有一次，区长问他有什么困难需要解决，谷勇敢说他最大的困难是找不到媳妇。区长说："这好说，你是功臣是大英雄，甭管谁家的姑娘，只要你看上，就行。"谷勇敢很高兴，第二天他就专门到镇上赶集，寻摸媳妇。

谷勇敢眼皮挺高，一般姑娘看不上。寻摸到太阳老高，集快散了，也没寻摸到合适的。正要往回走的时候，忽然眼前一亮，对面走来一姑娘。谷勇敢记性好，一下就认出来了，这不就是给他撒谷糠的姑娘么？只不过过了几年，姑娘长高了，但那眉眼可没变，还有那眉梢上的美人痣，还有那系红头绳的大辫子……

谷勇敢也不怕人笑话,嚷嚷着说:"就是她。"

谷勇敢选中了姑娘,可姑娘看不上谷勇敢,嫌他黑,不答应。区长打过保票,没办法,就去找姑娘的爹做工作。来来回回十几趟,鞋底子磨薄了一半,也不应。

谷勇敢把那块大匾摘下来用绳子拴在背上去敲姑娘家大门,但姑娘的爹就是不开门。谷勇敢就背着大匾在门口来来回回地遛达,从大清早到傍黑,边遛达边喊:"你们看啊,这家人就这么对待我这个大功臣!"看热闹的人一拨接一拨。姑娘爹脸上实在挂不住了,投了降。

新婚之夜,姑娘还是心有不甘,抽抽嗒嗒地掉眼泪珠子。谷勇敢心里闹腾了半天,心想人家铁定了心思不想跟咱呢。最终心一软,赶着毛驴就把姑娘连夜又"退"回了娘家。

但让谷勇敢想不到的是,第二天一早儿,姑娘的爹就又把姑娘给这位好心肠的大功臣给送回来了。

谷勇敢两口子很恩爱地生活了一辈子。他们生了一对双胞胎儿子,一个起名谷糠,一个叫谷瘪子。

生命的绝唱

单老尤

清朝末年,野三坡一带,出了个名叫单老尤的人,擅打官司。

单老尤那时候六十来岁,干巴瘦,背微驼,眼睛很小,细成一条缝,而且因为小时候得过眼疾,落下后遗症,迎风流泪,所以眼睛总是红红的,还带着眼屎,看人时如同瞎子,很吓人。也许老尤怕吓着孩子,所以总是低着头,尽量不翻眼看人。除了冬季穿一件老棉袄以外,老尤一年三季穿一又肥又大的蓝布大褂,过膝,这样显得腿极短,给人很滑稽的感觉。褂子上面补了好多补丁,补丁颜色五花八门,有蓝色的,也有红色的和土黄色的。补丁补得很粗糙,针脚很大,说明他老婆是个拙老婆。她老婆长得人高马大,足足高出老尤一头半,也的确很"拙"。常言说"拙老婆纫长线"。是说缝补衣服纫针的时候要把线"纫"短些,这样可以增加穿插的频率。但老尤的老婆喜欢"纫"长线。老太太常坐在自家门前补衣裳,一针扎下去,再把针拉上来时,胳膊伸成水平才能把线抻直,如果线还长一些,不仅拿针的那条胳膊伸展,拿衣服的胳膊也要伸开,动作大开大合,白鹤亮翅般舒展,给人美感。

应了人不可貌相这句话,单老尤从外表看起来窝囊,其实却是个精明人。说他擅打官司,不是说他嘴荏子有多硬,是说他脑瓜子活泛。这能耐,也许是天生的。

单老尤家的隔壁主人叫吴三,是个无赖。老尤平时没少生吴三的气,但总归是鸡毛蒜皮,不至于上公堂。可是后来吴三得寸进尺,挑起了事端。那天单老尤家的狗跑进了吴三的院子,吴三用事先准备好的绳套儿把狗套住煮着吃了。然后用那狗皮缝了顶帽子戴在头上。老尤好几天找不到狗,已开始起疑,见吴三那黑白花狗皮帽子,便明白了几分,于是,忍无可忍的老尤把吴三告到了县衙。

到了大堂,吴三始终不承认杀死了老尤家的狗,只说那狗皮帽子是从集市上买来的。找不到充分的证据,官司就打不赢,这时候单老尤说:"大老爷,他戴的帽子就是我家的狗皮做的,我家的狗不同于别家的狗,我家的狗即使被剥皮做成衣服帽子,它也会跑。"县太爷丈二了和尚。吴三笑了,对县太爷说:"老爷别听他胡说。"说着把帽子往地上一摔,说:"我不信,你让它跑一个。"这时候单老尤朝县太爷说:"老爷,他认了。"县太爷好半天才恍然大悟,惊堂木一拍,就打了吴三的板子。

有人对单老尤这份能耐不服气,这人就是朱四爷。朱

生命的绝唱

四爷财大气粗,爱说上联。那天单老尤扛着粪茬拾粪回来,被朱四爷碰到了。朱四爷指着单老尤的粪筐说:"你的筐里有我家牲口拉的粪,你这是明偷啊。"说着就让手下把老尤的粪叉子扔河沟里去了,说:"你不是爱打官司么,你去告我呀。"单老尤耷拉着眼皮朝朱四爷说:"四爷财大气粗,我连半个铜钱也没有,能打赢官司?"朱四爷来了精神,摸出一枚铜钱扔给手下,说:"剁成两半。"手下就近找来一把刀,把铜钱剁成两半。朱四爷胖乎乎的小手把半个铜钱放老尤的手心里,用另一只手把老尤的五指一合,眯笑着说:"给你半个铜钱,你去把官司打赢了。"单老尤把五指张开,望着那半枚"光绪通宝"摇摇头说:"好好的皇上,被四爷砍成了两半。"朱四爷大惊,鼻尖立马就冒出了冷汗,赶忙朝单老尤作揖打拱,连声说:"单爷,我服。"忙又掏出一把铜钱递到老尤手中,算是陪了罪。

不上大堂就赢了官司,有这能耐的也就单老尤了。

没理,老尤也能赢官司。

老尤全家只有二亩薄田,与灵泉寺的地搭界。灵泉寺是野三坡一带最大的寺庙,香火旺盛,寺庙里就置下了几百亩田产。单老尤一到地里干活,望着那几百亩肥地,就眼馋。最后经不住诱惑,就开始一点点地往过"侵",今儿半尺,明儿三寸,半年下来就占了寺庙半亩好地。终于,方丈不干了,与老尤论理。因为两家地界没界碑,老尤不承认侵了地。无奈,寺庙就要和老尤打官司。

方丈听说单老尤是个官司虫儿,不敢小看,做了精心准备，写了好几页的状纸。

第二天，老尤和方丈一起来到县衙大堂上。方丈胸有成竹，递上状纸。单老尤一到大堂门口便浑身哆嗦，俩腿开始拧麻花，扶着门框才迈进门槛，往大堂上一跪，大气不敢出，头也不敢抬。

县太爷是新到任的，很年轻，据说很会断案。

县太爷朝方丈问话，方丈不卑不亢，滔滔不绝、口若悬河。

县太爷朝老尤问话，老尤先是惶恐地望方丈一眼，哆嗦一下，不敢回话。县太爷再问，才结结巴巴地回一句，声音小的似蚊子，止不住又望方丈一眼，又哆嗦一下。如此问答几次，老尤已是体似筛糠……最后胯下竟湿了一片，尿水滴了一地……

县太爷淡淡地对方丈说："你俩证据都不足，你看你把他吓成什么样了，丰收不怕鸟儿衔，让他几分何妨？"说完就喊了退堂。

虽然县太爷没明断谁是谁非，但这官司说起来还是老尤赢了。

只是单老尤回到家，拉了三天肚子。原因是为了憋那一泡尿，他上堂前喝了好几瓢白开水，而那水，他那拙老婆压根没烧开。

狐　戏

野三坡南山有一洞，深百米，洞前有一块巨大的像鼓一样的石头，乡人唤其石鼓，此洞便自自然然被人称石鼓洞。不知何时，这地方忽然天降一般住进一群男女，均是衣衫光鲜，举止有礼。乡人问他们从哪里来，来干什么？他们柔声细语地回答："逃难至此，借贵地暂住。"还一声一声"叨扰了"，一揖到地。乡人诧异，看这些人穿着打扮，和"难"字根本不沾边。细问，却笑而不答。

这家老少就把山洞当成了家，安上了洞门，安安稳稳过上了日子。

这家人，既不耕田种地，也不见他们出去做买卖，天气晴好，便悠闲踱出来，到石鼓上或坐或躺着晒太阳，间或和乡人聊几句。时间一长，乡人满心疑窦。

更让人吃惊的是，这家人经常借着月光以石鼓为戏台排练大戏。

头上月光皎洁,繁星点点。这家老少十几口披挂上阵,个个盔明甲亮。跟头劈叉,咿咿呀呀,唱念做打,皆是一流功夫。乡人大为惊讶,结伙前来观看,发现这家人除了老主人,全都分配了角色,或穆桂英佘太君、或孟良焦赞张龙赵虎。老主人见着乡邻,朗声喊一句:"高邻来了。"忙起身招呼大家。

排着排着,老主人往往叫停,对演员指点一二。

一出戏排完,这家人便选一个清风朗月的夜晚为乡人正式"汇报演出",不少人便前来观看。甭管什么戏,文唱,武打,主演皆是小翠。小翠管老主人叫爷爷,年方二八,秋波俏转,桃花颊浅,端的是个美人坯子。乡人看得如痴如醉。

有时演着演着,演员里不定哪位裙钗里忽然露出一只火红的扫帚尾巴。老者脸变色,演员忙掩饰,一阵慌张。这时乡人才开始怀疑:这些人,莫不是狐仙?

这家人也有发脾气的时候,他们的戏服是不许人碰摸的,哪位若是想摸摸,便会恼了脸色。

唱戏的狐仙吸引了一位姓唐的公子。唐公子是被阿舅领来的。阿舅是野三坡人。唐公子第一次看戏,便被小翠迷住了。悄悄对阿舅说:"到底是狐仙,漂亮非凡人能比。"

只要月光皎皎的夜晚,唐公子便第一个来到石鼓洞前静等狐仙开戏。小翠一出来,唐公子的眼珠就不离她身,有时候就随着她的唱腔,纸扇在膝盖上敲打出一片节奏。

而嘴角却挂了一丝不易察觉的笑。

唐公子来,还要采一束野花,演完,献给小翠。说:"你莫非真的是蒲留仙笔下那个嫁给傻小子的狐仙小翠?"

生命的绝唱

小翠闻闻花香，不说话，咯咯笑笑，跑了。

正是熏风扑面七月天，唐公子竟在离石鼓洞不远的地方搭了帐篷安营扎寨了。白天他去阿舅家吃饭，夜晚便山上住宿。

唐公子躺在竹席上，望着满天星河，眼前就幻化出无数个小翠。

小翠朝他眼睛一眨一眨。

一晃，半月。

唐公子不信邪——这世上哪有什么神仙鬼怪？

这日，唐公子决定去洞府一探究竟。叩门三声，开门的是小翠。小翠见着唐公子，莞尔一笑，唐公子随了她进洞。洞里点了几只松明子，亮如白昼。环顾四周，洞内被分割成内室外室，中间帐幔软垂。洞内装饰一新，各种摆设一应俱全，藤椅石凳铺了各色兽皮、茶几条案摆了精致瓷器。墙壁还悬了两幅大轴，画的是衣袂飘飘的神仙人物。老主人正坐在藤椅上喝茶，见着唐公子，很礼貌地起身拱手让座。小翠朝唐公子施个蹲礼，浅浅一笑回了内室。唐公子漫不经心地打量一下四周，便和老者闲谈。这时，从内室隐隐传出轻微的说话声。唐公子竖起耳朵，断断续续听到"玉面郎君……玉帝……胡大仙……"之类的话，嘴角便又挂了不易察觉的笑，然后起身告辞。

起身告辞的唐公子出门时，没有忘记趁老主人不注意，偷偷揪下墙角一件凤冠霞帔上的珠子。

回去细细一看，那珠子竟是成色极好的真货。

他想，这家人所有的戏服应该都是真金纯银做成的。

不信邪的唐公子确是个情种。此时他倒是真的希望小翠是个狐仙，一只能与他月夜幽会的美貌狐仙。他喜欢上了小翠，他觉得小翠也喜欢上了自己。

唐公子决定继续留下来，他幻想着与狐仙的艳遇。

那晚月亮透圆。唐公子烹好茶，铺开棋盘，准备自己下棋解闷，忽然听到细细的脚步声，这脚步声他熟悉，于是喊声"小翠"。

来的果真是小翠。

她是和一个小姐妹一起来的。

唐公子出帐相迎。

小翠莞尔一笑，说："公子莫怪我们唐突，不请自到。"

唐公子忙说："哪里哪里！"

那个小姐妹说："小姐，我囙去了，鸡叫前我来接您。"又朝唐公子"吞儿"地一笑，扭身走了。

二人进了帐篷，小翠浅身一礼，抿嘴笑笑，柔声说："狐仙小翠问候公子！"唐公子说："一主一仆，深夜扣窗，细细一品，倒真的有几分狐媚呢！"忽然，小翠看见椅角处有把宝剑，立马变了脸色。唐公子说："小姐莫怕，这只是用来防身！"小翠说："我们是见不得凶器的。"唐公子便把宝剑放到了帐外。二人开始品茗下棋。茶是竹叶青，嫩芽展绿，轻品浅啜，唇齿之间就荡出了几缕幽香。接着下棋，棋子吧嗒吧嗒地落在棋盘上，心也被吧嗒吧嗒地敲打出一片春色。不知不觉，远山就要露出鱼肚白，这时帐外传来细细脚步声，小翠站起身说："妹妹来接我了。"

生命的绝唱

隔三差五，二人便在帐内私会，渐渐情深意笃。

那晚，小翠说："假如我不在了，你会想我么？"唐公子说："别说晦气话。"忽然又换了一种口气，很伤感地说，"你们仙界，也是讲缘分的，难道我们缘分尽了么？"

那夜，星月隐了光辉，山风呼啸不止。这时，阿舅急急跑来："月黑风高，小心了！"唐公子犹豫一下，最终还是拿起宝剑随阿舅急急出了帐篷。二人悄悄隐藏在石头后面。半夜，石鼓洞的大门缓缓打开。一人出来，左右看看动静，一招手，一群人荷担挑箱，鱼贯而出。小翠是最后一个出来的，她走得犹犹豫豫，走几步就回头望望远处的那顶帐篷。

唐公子握剑的手，颤抖。

阿舅指点着那群人，一遍遍催促："远了远了，再不动手就来不及了！"阿舅见他还没有动手的意思，悄悄溜走了。

唐公子忽然想起了什么，唤一声"阿舅"，无人应答。此时阿舅已经爬上了一处高台，那里有一堆事先备好的劈柴。按事先约定，这里篝火点燃，不出半个时辰，就会有大队人马前来。阿舅笨拙地撅着屁股，"哒哒"打着火镰。

唐公子圆睁了虎目，他急急抽出宝剑，大踏步向前几步，然后把宝剑猛然掷向前方，那锋利的宝剑便如长了眼睛一样直直地向阿舅——那个跟随他十几年的线人飞去。

涞阳县最有名的捕快唐公子，进入自己编织的那个美丽梦幻，竟沉沉不能醒来。

他静静地望着那伙盗贼远去。

蒋保留

蒋保留原先叫蒋进喜,乳名喜儿。他家和我家隔一堵墙。喜儿和我同岁,只大我七天。他是家里的老小,上边梯子凳一样四个姐姐。蒋保留的父亲叫蒋季池,长得又黑又瘦,有点罗锅,走路爱背着手,总像在琢磨什么事。由于蒋季池这个名字和"蒋介石"有些谐音。所以文革期间,虽然他家是根红苗正的贫下中农,但仍觉得抬不起头来,在人们的心中几乎成了准"黑五类"。蒋季池为了证明自己的清白,给自己改了个名字叫蒋反蒋。但始终没叫开,大家还是叫他"蒋介石。"蒋保留的母亲长得白白胖胖的,高出蒋季池一头还多,胳膊很粗,力量也大。据说有一次和蒋季池打架,她右胳膊夹着蒋季池转了两圈,想把他往地上一扔,又怕摔坏他,就想找个软乎地方,期间还把蒋季池从右胳膊倒换到了左胳膊,如同玩一个布娃娃,最后才把他扔到了麦秸垛上。蒋季池两口子就一个宝贝儿子,娇惯地过头,要星星

生命的绝唱

不敢给月亮。蒋保留五六岁了还吃奶。我家和蒋保留家属一个生产队。社员出工在老槐树地下集合,一大群孩子围着大人追打嬉闹。喜儿有时候就猛地扑到他妈怀里,喊声"吃咂"。他母亲就解开怀。

蒋保留说话"咬舌",口齿不清。小时候爱"撒贱"的孩子似乎都"咬舌",但一般到了上学的年龄就改过来了。唯有蒋保留改不过来,到了七八岁还"咬舌",而且他很"面",一副傻了吧唧的样子,为此我们老欺负他。我们给他编了句顺口溜——

蒋进喜　大白薯
烤的又甜又面乎
被窝里吃　被窝里拉
被窝里放屁吹喇叭

蒋保留八岁那年的一个下午,她母亲正坐在门口乘凉,一个算卦的瞎子路过讨水喝,蒋保留的母亲信迷信,顺便给儿子算了一卦。瞎子几个手指头抠掐半天,说你儿子命不济,估计活不了十岁……他母亲一听,傻了,拍着大腿就一阵嚎。后来给了瞎子两块钱要他"破一破",瞎子说找一条和你家孩子同岁的狗,每天给买一个猪蹄,你家孩子吃肉,狗啃骨头,连吃十天。狗命贱,好养活,人狗同食,你家孩子就好拉扯了。蒋保留的母亲就照办了,那些日子蒋保留天天啃猪蹄,小脸吃得油晃晃的。按理说,已经"破"

了,心也就该放下了。但蒋保留的母亲是个爱钻死牛犄角的人,老觉得不牢靠,老想:啥都有个万一,万一破不了怎么办?老这样想,就走火入魔了。那"死亡"的大石头就又压了过来,越想越怕,想起来就哭。我们常见蒋保留的母亲坐在大门口抹眼泪,周围一群人劝她,有个缺心眼老娘们说:"多给孩子吃点好的,别让他委屈了。"蒋保留的母亲哭得更欢。

蒋季池其貌不扬,但很有才,不仅识文断字,还会拉二胡,而且会画画。他家影壁墙上那幅《毛主席去安源》的水彩画,就是他画的。我是亲眼看着他画这幅画的。他先画毛主席的头,他个子矮,本该站在凳子上画,但他不用,他把笔蘸上水彩,后退两步端详一下影壁,再走上前,猛地一蹦,就画上一笔,再退两步瞄瞄,再一蹦又一笔。蹦了十几下,毛主席的头部轮廓就出来了……画中的毛主席神采奕奕,只是显得比本人稍胖些,肚子有些大。有人说"胖了",蒋季池就说:"那不叫胖!那是毛主席他老人家度量大。"

蒋季池不太信迷信,但经不起老婆折腾,为了安慰家人,信口说,那就给喜儿改个名字,叫"保留",这样谁也"叫"不走了。这样,蒋进喜就改名蒋保留。按理说,又吃猪蹄又改名字,等于上了双保险,但蒋保留的母亲已经走进了一个怪圈,压根就没从牛犄角里钻出来,心里还是那个老想法:双保险也有个万一,万一破不了怎么办?

蒋保留的母亲想起儿子活不过十岁,依旧哭得一塌糊涂。

生命的绝唱

　　为了全力保障蒋保留的生命安全，他母亲让蒋保留远离一切危险：不许打架，要做到打不还手骂不还口。不许河里洗澡，蹚水走也不行。不许上树，不许爬墙，走路不能贴墙走，墙塌了怎么办？蒋保留去上学，她都要接送到学校门口……蒋保留的母亲在痛苦和恐惧中煎熬着。在距蒋保留的十岁生日还差一个月的时候，蒋保留母亲的心更是提到了嗓子眼。那几天，蒋保留放学，来接送他的就不光是她母亲，他的四个姐姐也担起护驾任务。常常是她母亲领着蒋保留走，前后左右跟随着他四个姐姐，他三姐很机警，走两步就回头看一看，走两步就回头看一看。几个人排成一个方阵，整齐地走着小碎步，很是让人觉得滑稽，常常引逗得我们围观起哄。

　　日子一天天数，再过一天，就是蒋保留十岁生日。也就是说，如果这一天平稳度过，蒋保留这个"坎"就算迈过去了，蒋保留的命也就"保留"住了。蒋保留一家既激动又紧张。

　　那时候在我们农村，习惯从早晨八点作为一天的开始。那天，蒋家全员动员，如临大敌，展开对蒋保留的最后一刻的安全保卫工作。蒋保留家有大门和二门。大门是篱笆门，进了大门是前院，院子里有鸡舍和猪圈。二门是对开的两个破木门。推开木门就是那个影壁墙，绕过影壁是内院。天刚蒙蒙亮，一家七口全部起床。蒋保留的母亲担任总指挥，她怕房顶在这一天忽然塌了，就在院子正中搭了个地铺。蒋保留被他母亲拽到地铺上，说："别动！"还围着地铺画了

社会万花筒之中国微小说系列丛书

个直径两米左右的圈,就如同孙悟空为防妖怪抓人给师父唐僧用金箍棒画圈一样。蒋保留的四个姐姐兵分两组负责把守大门和二门,每人手里还拿着一个棍子。蒋保留的母亲朝四个闺女下了死命令:除了苍蝇、蚊子和蚂蚁,今儿个就不许一个活物进门。蒋保留家大门二门紧闭。四个姐姐也高度负责,轮流吃饭不歇岗。蒋保留老老实实坐在床上看小人书,撒尿用"尿憋子",拉屎也不去厕所,就在"圈"里解决,生怕掉进茅坑里,拉完由他爹铲走。我们一家人一大早就被蒋家折腾醒,父母隔着墙问他们干什么,蒋季池要回话却被蒋保留的母亲挤眉弄眼地制止,只说"没事没事。"我一次次地爬上我家鸡窝隔着墙看蒋保留。我也问蒋保留干什么,说要去找他玩,蒋保留忙摆手,指指大门,一脸严肃。我跑到他家大门,把守大门的两个姐姐很负责任地扬棍子把我拦在门外……到了天黑,蒋保留在地铺上呼呼睡觉,其他人却不敢合眼。他母亲除了看护儿子,还不间断地巡视四个看门的女儿是否打瞌睡。起风,树叶被刮响,一家人眼睛一下子睁得溜圆;远处一声狗叫,也都激灵一下子。后半夜,蒋家神经绷紧到极点,蒋保留的母亲为了让四个闺女站好最后一班岗,给每人发了一张糖饼和一支辣椒,饿了啃饼,困了咬辣椒。天终于亮了,蒋保留的母亲一屁股坐在地上,"哇"地哭了,大声喊着说:"我家保留保住了。"

我和蒋保留从一年级就在一个班里。有谁能想到,挺"面"的蒋保留学习成绩却特别好,门门功课考第一。后来我们一起升入县城一中上高中,我们都知道蒋保留保命的故

生命的绝唱

事,其实即使我们忘了,"保留"这个名字也会给我们提醒。大家总拿这件事取笑蒋保留,外村的同学从我们嘴里听说这个故事,也觉得可笑,也取笑他。蒋保留就觉得那段经历对于他来说是个耻辱,蒋保留于是就自作主张把名字改回去了,还叫蒋进喜。

蒋进喜最终以全县第二名的成绩考上了北京的一所重点大学,毕业后分配到了国家部委的一个大机关,再后来就升了官,刚四十岁就成了副厅级干部。蒋保留就成了我们这一带最大的官。蒋保留很谦虚也很会来事。每次回老家看望父母,到村口就下车,步行进村,见人就打招呼,叔叔大爷叫个不停。老乡们都说,蒋家老儿子还得往上升,果然,蒋进喜就又仕途得意,过了几年就又当上了一个地级市的市长。然而就在我们都为他感到自豪的时候,蒋进喜却出事了,被抓起来,罪名和现在出事的那些官员差不多,而且还和一桩走私大案有牵连。贪污的那些钱和收受的贿赂达到了枪毙的程度。蒋家人懵了,蒋进喜的母亲就又开始嚎啕大哭。蒋进喜的父亲抱着头一言不发,忽然老头说:"喜儿今日落难,不如还把他名字改回来,还叫保留。"蒋进喜的母亲眼前一亮。

蒋进喜的夫人不信迷信,但死马当活马医,也就照办。市长夫人开始跑派出所,改户口本和身份证,蒋进喜就又成了蒋保留。

蒋保留由于检举其他案犯,并提供重大走私案线索,从而使走私案很快告破,因为有重大立功表现,没死,判了个无期。

社会万花筒之中国微小说系列丛书

  听到这个消息,蒋家人全哭了。蒋进喜八岁的儿子叫蒋毛毛,蒋季池提议,把蒋毛毛的名字也改成蒋保留,但父子总不能叫一个名字,因为市长夫人姓辛,就用上了两人的姓,叫蒋辛保留。"辛"和"新"同音,如同一些电视剧,老剧叫《亮剑》,新版的叫《新亮剑》……蒋辛保留这个名字很另类,同学们和蒋辛保留为名字老逗嘴儿,一来二去,倒把小家伙练"皮"了,嘴皮子特遛,性格变得越来越活泼,后来被一位相声大师看上了,收了徒弟。

生命的绝唱

快感写作(创作谈)

近年创作,主要以《故里奇谭》系列小说为主。这些小说,虚构了一个精神上的涞阳县。"传奇"是它的主基调。提起传奇,一位编辑老师对我说:"传奇就是说瞎话。"这话听似玩笑,却有嚼头。既然是瞎话,既然是无中生有的东西,就更能让人张开想象的翅膀,只要"编"得符合逻辑和自然规律,那就任你信马由缰,任你刀枪剑戟斧钺钩叉,任你野台子唱戏大吼大叫,自然就爽快。著名作家,我的老师孙方友先生谈起他的《陈州笔记》系列笔记体小说时也曾跟我说:"这东西写起来有意思。"孙老师说的"有意思",我想也就有"快感"的成分。

我的小说创作过程是充满快感的。

《画缘》是我的《故里奇谭》开篇之作。我记得十几年前,有一天我拿出了我女儿的相册翻看。从女儿周岁生日那天开始,我们每年都会在她生日那天到照相馆给她照张相,

社会万花筒之中国微小说系列丛书

我一页一页翻看，1岁、2岁、3岁……一直到她11岁，相册的时间光盘一页页记载着女儿的变化——从婴儿到孩提到童年到少年。这时，我又不由自主地往回翻阅，先11岁、再10岁、9岁、8岁……当我看她10岁的照片时，我想她9岁是什么模样呢？看9岁照片又想象她8岁的样子，就在这光盘的"前进"和"回车"键的变化中，我创作出了《画缘》。

之后，我在半年之内又创作出了《情书》《月舟图》《墨药》等，现在我能清清楚楚记得每一篇文章的创作经过，就如同一个母亲能清清楚楚记得分娩时所经历的每一丝阵痛和孩子坠地时的那一份闯出地狱般的快感。

我的作品，除了个别篇目有传说的影子，绝大部分还是绞尽脑汁"想"出来的，对于我来说，"想"这种东西是极度兴奋和充满快感的。我经常先任性地给自己定一个题目，"土匪"也罢，"神医"也罢，"清官"也罢，"浊吏"也罢，"点"选定了，接下来就开始利用我发散性的思维去"编"。好多时候，我甚至把构思小说想得很神圣，虽到不了事前沐浴焚香的程度，但心里总要郑重地说句："我要'想'小说了。"于是，静静地躺在床上，任思维天马行空，"想"得海阔天空波澜壮阔，"想"得龙吟虎啸石破天惊；无数个人物在脑海中左冲右突，无数个情节在心中起伏跌宕；有大漠孤烟漫天飘雪，有小桥流水江南细雨。努力让人物的侧面极致化，在不断自我否定中设计出一场场激烈的矛盾冲突，让主人公身临绝境却又绝处逢生。此时灵光一现，我和主人公大汗淋漓地一起走出绝境，那种快感和兴奋

生命的绝唱

不亚于佛家弟子忽然"开悟"。

所以我一直认为,好稿子是带着"快感""想"出来的。

2012年12月,我从乡镇调任县旅游局。我服务的旅游景区叫野三坡。

这既是闻名遐迩的旅游风景区,又是一个革命老区,"雄险润幽"的自然风光不但使它成为世界地质公园,而且造就了独特的民俗文化和历史。据说,这里的百姓曾是明朝遗老后裔,时至清代末年,清廷也就不许三坡人介入科举,取消求得"功名"的权利。在这方圆几百里地域竟找不出几个弄得文墨的人。每年春节,家家户户门框上贴的对联竟是用碗底沾墨扣上去的。你可以把那些圈圈想象成任何吉祥的祝福。这里过去属于"三不管"的地界,时有匪盗滋事。民生不得安宁,遂推举"素孚重望"的"老人"综理坡内的事务,组织护坡武装,保卫乡里,俗称"老人官"。革命战争年代,这里是平西抗日根据地的腹地,"没有共产党就没有新中国"这首歌就诞生在这里。野三坡的历史文化积淀是独特的,处处张扬着个性和充满传奇。这是一处金光闪闪的富有矿藏,有我取之不尽用之不竭的原材料。海阔鱼跃,那种快感不言而喻。这两年,我一直努力把自己个性化的想象与感受融入对野三坡民俗和历史的研究和思考中。在这样的研究当中,我找到了一种巨大的创作原动力,不论写人还是写事,都努力让我的作品多一些正气。16岁的小战士瘦干儿跳崖时迎风招展的蒙眼布条(《生命的绝唱》),吴海集与敌酋比较书法时智胜鬼子后的朗声宣言(《智胜》），游击队政委兰心昭为救同志令大家痛彻心扉的"冤死"（《情报》），国军战士"一只眼"面对日寇那独眼射出的冷幽的光（《神枪一只眼》），当我塑造这些主人公形象时，胸中自始至终燃烧着一种正气催生的悲壮和酣畅淋漓的正义战胜邪恶的快感。

  这种激荡心灵的快感，将伴随我小说创作的始终。

李永生

2015年6月